CW00762428

Chico Buarque

Quand je sortirai d'ici

Traduit du portugais (Brésil)
par Geneviève Leibrich

Gallimard

 MINISTÉRIO DA CULTURA
Fundação BIBLIOTECA NACIONAL

Obra publicada com o apoio do ministério da Cultura do Brasil /
Fundação Biblioteca Nacional
Ouvrage publié avec le soutien du ministère de la Culture du Brésil /
Fundação Biblioteca Nacional

Chico Buarque est né à Rio de Janeiro en 1944. Auteur, compositeur et interprète émérite, il a fait partie des initiateurs de la Música Popular Brasileira (MPB). Artiste engagé contre le régime dictatorial, il a collaboré avec Gilberto Gil, Antônio Carlos Jobim, Vinícius de Moraes, et bien d'autres. Au début des années quatre-vingt-dix, il se lance dans l'écriture. On lui doit notamment *Budapest*, son troisième roman, qui a connu un succès exceptionnel au Brésil et *Quand je sortirai d'ici*.

1

Quand je sortirai d'ici, nous nous marierons dans la ferme de mon enfance heureuse, là-bas, au pied de la montagne. Tu porteras la robe et le voile de ma mère et je ne dis pas ça parce que je suis sentimental, ni à cause de la morphine. Tu disposeras des dentelles, des cristaux, de la vaisselle, des bijoux et du nom de ma famille. Tu donneras des ordres aux domestiques, tu monteras le cheval de mon ex-femme. Et si l'électricité n'a pas encore été installée dans la ferme, je me procurerai un générateur pour que tu puisses regarder la télévision. Tu auras aussi la climatisation dans toutes les pièces de la maison, parce que aujourd'hui dans la plaine au milieu des montagnes il fait très chaud. Je ne sais pas s'il en a toujours été ainsi, si mes ancêtres suaient sous tant de vêtements. Ma femme, elle, transpirait pas mal, mais elle était déjà de la nouvelle génération et n'avait pas l'austérité de ma mère. Ma femme aimait le soleil, elle revenait toujours en feu de ses après-midi sur la plage de Copacabana. Quoi qu'il en soit notre chalet à Copacabana a déjà été démoli et de toute façon je ne vivrais pas avec toi dans la maison d'un autre mariage, nous habiterons dans la ferme au pied de la montagne. Nous nous marierons dans la chapelle consacrée par le cardinal archevêque de Rio de Janeiro en mille huit cent et quelques. Dans cette ferme, tu t'occuperas de moi et de personne d'autre, de telle sorte que je recouvrerai complètement la santé. Et nous planterons des arbres et nous écrirons des livres et, si Dieu le veut, nous élèverons encore des enfants sur les terres de mon grand-père. Mais si tu n'aimes pas le bas de la montagne à cause des grenouilles et des insectes, ou de l'éloignement ou pour toute autre raison, nous pourrions vivre à Botafogo, dans la grande demeure construite par mon père. Il y a là-bas des chambres immenses, des salles de bains en marbre avec des bidets, plusieurs salons avec des miroirs vénitiens, des statues, une hauteur sous plafond monumentale et des tuiles en ardoise importées de France. Il y a des palmiers, des avocatiers et des badamiers dans le jardin, qui est devenu un parking après que l'ambassade du Danemark a été transférée à Brasília. Les Danois m'ont acheté la grande demeure pour un prix dérisoire à cause des arnaques de mon gendre. Mais si demain je vendais la ferme qui a deux cents *alqueires* de terres cultivables et de pâturages traversés par une rivière d'eau potable, je pourrais peut-être récupérer la grande demeure de Botafogo et restaurer les meubles en acajou et faire accorder le piano Pleyel de ma mère. J'aurais de quoi m'occuper pendant des années d'affilée et, au cas où tu souhaiterais continuer à exercer ta profession, tu pourrais aller au travail à pied car le quartier foisonne d'hôpitaux et de cabinets médicaux. D'ailleurs, surplombant notre terrain, un centre médical de dix-huit étages a été édifié, et sur ces entrefaites je viens de me souvenir que la grande demeure n'existe plus. Et je crois même que la ferme au bas de la montagne a été expropriée en 1947 afin d'y faire passer la route. Je pense à haute voix pour que tu m'écoutes. Et je parle lentement, comme si j'écrivais, pour que tu transcrives mes paroles sans avoir besoin d'être dactylo, tu me suis? Le téléfilm est fini, le journal télévisé, le film, aussi je ne sais pas pourquoi la télévision reste branchée alors qu'il n'y a plus de transmission. Ça doit être pour que le bruit de stries de l'écran couvre ma voix et que je ne dérange pas les autres patients avec mes bavardages. Mais ici il n'y a que des hommes adultes, presque tous à moitié sourds, s'il y avait des dames âgées dans la salle je serais plus discret. Par exemple, je ne parlerais jamais des petites putes qui s'accroupissaient en gloussant quand mon père leur lançait des pièces de cinq francs dans sa suite au Ritz. Mon père, l'air très sérieux, pendant que les cocottes nues, en posture de crapaud, s'évertuaient à saisir les pièces sur le tapis sans se servir de leurs doigts. Il ordonnait à la championne de descendre avec moi dans ma chambre et, de retour au Brésil, il affirmait à ma mère que je faisais des progrès dans la langue du pays. Chez nous, comme

11

dans toutes les bonnes maisons, en présence des domestiques les affaires de famille se traitaient en français, encore que pour maman, même me demander de lui passer la salière fût une affaire de famille. Et de surcroît, elle parlait en métaphores car en ce temps-là la moindre petite infirmière possédait des rudiments de français. Mais aujourd'hui tu n'es pas d'humeur à bavarder, tu es revenue de mauvaise humeur, tu vas m'administrer ma piqûre. Le somnifère n'a plus d'effet immédiat et je sais déjà que le chemin menant au sommeil est comme un corridor rempli de pensées. J'entends des bruits de gens, de viscères, un type entubé émet des sons rocailleux, il veut peut-être me dire quelque chose. Le médecin de garde va entrer en vitesse, il prendra mon pouls, m'adressera sans doute quelques mots. Un prêtre viendra visiter les malades, il prononcera tout bas des paroles en latin, mais sûrement pas à moi. Une sirène dans la rue, un téléphone, des pas, une atmosphère d'attente m'empêche toujours de sombrer dans le sommeil. C'est la main qui m'agrippe par mes rares cheveux. Jusqu'à ce que je frappe à la porte d'une pensée vide qui m'entraînera vers les profondeurs où je rêve d'habitude en noir et blanc.

2

Je ne sais pas pourquoi vous ne soulagez pas ma douleur. Tous les jours vous relevez le store avec brutalité et vous jetez le soleil sur mon visage. Je ne sais pas quel plaisir vous pouvez prendre à mes grimaces, je me sens transpercé chaque fois que je respire. Parfois j'aspire profondément et je remplis mes poumons d'un air insupportable pour avoir quelques secondes de répit, expulsant la douleur. Mais bien avant la maladie et la vieillesse, peut-être ma vie était-elle déjà un peu ainsi, une petite douleur ennuyeuse qui m'assaillait sans cesse et, soudain, une dérouillée atroce. Quand j'ai perdu ma femme, ça a été affreux. Et tout ce dont je me souviendrai maintenant me fera mal, la mémoire est une vaste blessure. Mais malgré ça vous ne me donnez pas de médicaments, vous êtes vraiment inhumaine. Je pense que vous n'êtes même pas infirmière. Je ne vous ai jamais vue par ici. Ah, bien sûr, tu es ma fille, tu étais à contre-jour, donne-moi un baiser. J'allais d'ailleurs te téléphoner pour que tu me tiennes compagnie, que tu me lises des journaux, des romans russes. La télévision est branchée en permanence toute la journée, les gens ici ne sont pas sociables. Je ne me plains de rien, ce serait de l'ingratitude à ton égard et à l'égard de ton fils. Mais si le grand gaillard est si riche que ça, je ne sais pas pourquoi diable il ne m'interne pas dans une maison de santé traditionnelle, dirigée par des religieuses. J'aurais pu financer moi-même le voyage et le traitement à l'étranger si ton mari ne m'avait pas ruiné. J'aurais pu m'installer à l'étranger, passer le reste de mes jours à Paris. Si l'envie m'en prenait, je pourrais mourir dans le lit du Ritz où j'ai dormi enfant. Car pendant les vacances d'été ton grand-père, mon père, m'emmenait toujours en Europe en bateau à vapeur. Plus tard, chaque fois que j'en apercevais un au large, en route pour l'Argentine, j'appelais ta mère et je le lui montrais : voilà l'*Arlanza*! le *Cap Polonio*! le *Lutétia*! Je lui racontais fièrement à quoi ressemblait un transatlantique à l'intérieur. Ta mère n'avait jamais vu un navire de près, après son mariage elle ne sortait guère de Copacabana. Et quand je lui ai annoncé que nous irions bientôt sur le quai au port pour rencontrer l'ingénieur français, elle s'était fait prier. Parce que tu venais juste de naître et qu'elle ne pouvait laisser le bébé, et patati, et patata, mais elle a aussitôt pris le tram pour se rendre en ville et se faire couper les cheveux à la garçonne. Le jour dit, elle avait revêtu, comme elle croyait que c'était de bon ton, une robe en satin orange avec un turban de feutre encore plus orange. Je lui avais déjà suggéré de garder ce luxe pour le mois suivant, lors du départ du Français, quand nous pourrions monter à bord pour un vin d'honneur. Mais elle était si impatiente qu'elle avait été prête avant moi et m'attendait debout sur le pas de la porte. Elle semblait dressée sur la pointe des pieds dans ses chaussures à talons et elle était très empourprée ou s'était mis trop de rouge. Et quand j'ai vu ta mère dans cet état, je lui ai dit, toi tu n'iras pas. Pourquoi, a-t-elle demandé avec un filet de voix et je ne lui ai pas donné d'explications, j'ai saisi mon chapeau et je suis parti. Je n'ai même pas pris le temps de me demander d'où me venait cette colère subite, j'ai seulement senti que la colère aveugle que m'avait causée sa joie était de couleur orange. Et je vais cesser de bavarder car la douleur ne fait qu'empirer.

3

Cette femme qui est arrivée pour me voir, personne ne croit que c'est ma fille. Elle est devenue tordue comme ça et détraquée à cause de son fils. Ou de son petit-fils, maintenant je ne sais plus très bien si le gamin était mon petit-fils ou arrière-petit-fils ou quoi. À mesure que le temps futur rétrécit, les personnes plus jeunes doivent s'empiler tant bien que mal dans un recoin de ma tête. En compensation, pour le passé j'ai un salon de plus en plus spacieux, où tiennent aisément mes parents, grands-parents, cousins éloignés et camarades de faculté que j'avais déjà oubliés, avec leurs salons respectifs remplis de parents et parents par alliance et de pique-assiette avec leurs maîtresses, plus les souvenirs de tous ces gens-là, jusqu'à l'époque de Napoléon. Rends-toi compte, en ce moment je te regarde, toi qui as été si gentille avec moi toute la soirée, et ça me gêne de te redemander ton nom. En revanche, je me souviens de chaque poil de la barbe de mon grand-père, que je ne connais que d'après un portrait à l'huile. Et du carnet qui doit se trouver par là sur la commode ou sur la table de chevet de ma mère, demande à la femme de ménage. Il s'agit d'un petit livret avec une série de photos presque identiques qui, lorsqu'on les feuillette délicatement, donnent l'illusion d'un mouvement, comme au cinéma. Elles montrent mon grand-père marchant à Londres et quand j'étais petit j'aimais feuilleter ces photos d'arrière en avant, pour faire reculer le vieillard. C'est à ces vieilles gens que je rêve, quand tu m'apprêtes pour dormir. Quant à moi, je rêverais bien de toi dans toutes les couleurs, mais mes rêves sont comme le cinéma muet dont les acteurs sont déjà morts depuis belle lurette. Dernièrement, je suis allé chercher mes parents dans le parc des balançoires, parce que dans mon rêve ils étaient mes enfants. Je suis allé leur annoncer la bonne nouvelle que mon grand-père nouveau-né serait circoncis car soudain il était devenu juif. De Botafogo, le rêve s'est déplacé dans la ferme au pied de la montagne où nous avons découvert mon grand-père avec une barbe et des favoris blancs en train de marcher vêtu d'un frac devant le Parlement anglais. Il avançait d'un pas rapide et saccadé, comme s'il avait des jambes mécaniques, dix mètres en avant, dix mètres en arrière, comme dans le livret. Mon grand-père fut un personnage au temps de l'Empire, grand maître d'une loge maçonnique et abolitionniste radical, il voulait renvoyer tous les Noirs brésiliens en Afrique, mais son projet a échoué. Ses propres esclaves, une fois affranchis, choisirent de rester dans ses propriétés. Il possédait des plantations de cacao à Bahia, de café à São Paulo, il a fait fortune, il est mort en exil et il est enterré au cimetière familial dans la ferme au pied de la montagne, avec sa chapelle bénie par le cardinal archevêque de Rio de Janeiro. Son ex-esclave le plus proche, Balbino, fidèle comme un chien, est assis à tout jamais sur sa tombe. Si tu appelles un taxi, je peux te montrer la ferme, la chapelle et le mausolée.

4

Avant de montrer à quelqu'un ce que je te dicte, rends-moi le service de soumettre le texte à un grammairien, afin que tes fautes d'orthographe ne me soient pas attribuées. Et n'oublie pas que mon nom de famille est Assumpção et non Assunção, comme on l'écrit généralement et comme il figure peut-être même sur le registre de l'hôpital. Assunção, dans cette forme plus populaire, est le surnom adopté par l'esclave Balbino, comme s'il demandait la permission d'entrer sans souliers dans la famille. Ce qui est curieux c'est que son fils, lui aussi Balbino, fut le palefrenier de mon père. Et son fils à lui, Balbino Assunção Neto, un Noir assez replet, fut mon ami d'enfance. Il m'apprit à lancer des cerfs-volants, à confectionner des pièges pour attraper des petits oiseaux, j'étais fasciné par ses jongleries avec une orange entre les pieds, à une époque où on ne parlait pas encore de football. Mais quand je suis entré au lycée, mes séjours à la ferme se sont raréfiés, Balbino a grandi sans aller à l'école et notre affinité s'est évanouie. Je ne le retrouvais qu'aux vacances de juillet et je lui demandais parfois un service sans nécessité, davantage pour lui faire plaisir car il était d'un naturel serviable. Quelquefois aussi, je le faisais venir pour qu'il soit à ma disposition car le calme dans la ferme m'ennuyait, en ce temps-là j'étais rapide et le temps se traînait. D'où l'éternelle impatience, et j'adore voir tes yeux de jeune fille parcourir l'infirmerie : moi, la montre, la télévision, le téléphone portable, moi, le lit du tétraplégique, le sérum, la sonde, le vieux avec l'Alzheimer, le portable, la télévision, moi, de nouveau la montre et tout ça en moins d'une minute. Je trouve de même délicieux les moments où tu oublies tes yeux sur les miens, pour penser au jeune premier du téléfilm, aux messages sur ton portable, à tes règles en retard. Tu me regardes comme je regardais un crapaud à la ferme, immobile pendant des heures, les yeux rivés sur le vieux crapaud, afin de pouvoir changer de pensées. Il y eut une période, pour que tu te fasses une idée, où je m'étais mis dans la tête que je devais enculer Balbino. J'avais dix-sept ans, peut-être dix-huit, ce qui est sûr c'est que je connaissais déjà la femme, y compris les Françaises. Par conséquent je n'avais pas besoin de ça, mais sans rime ni raison j'avais décidé d'enculer Balbino. Je lui demandais donc d'aller cueillir une mangue, mais une mangue bien précise, qui n'était même pas mûre, tout en haut de l'arbre. Balbino m'obéissait aussitôt et ses grands pas de branche en branche commençaient effectivement à m'exciter. Il était sur le point d'atteindre cette fameuse mangue et je lui criais un contrordre, non, pas celle-là, celle là-bas, plus haut. Je pris goût à la chose, pas un jour ne passait sans que j'envoie Balbino grimper plusieurs fois dans les manguiers. Et je le soupçonnais déjà de se déplacer là-haut avec des arrière-pensées malicieuses car ensuite il avait une façon assez féminine de se baisser en joignant les genoux pour ramasser les mangues que je jetais par terre. Pour moi il était clair que Balbino avait envie que je l'encule. Il ne me manquait plus que l'audace pour l'attaque finale et j'allais jusqu'à me répéter des conversations de tradition seigneuriale sur le droit de cuissage, des raisonnements bien au-dessus de son entendement, car il aurait sûrement cédé sans faire d'histoires. Mais heureusement il se trouva qu'à cette même époque je fis la connaissance de Matilde et j'éliminai cette sottise de ma tête. En tout cas je peux affirmer que ma fréquentation de Balbino a fait de moi un adulte sans préjugés de couleur. En cela je ne tiens pas de mon père, qui n'appréciait que les blondes et les rousses, de préférence couvertes de taches de son. Ni de ma mère qui, en me voyant conter fleurette à Matilde, me demanda tout de go si par hasard le corps de cette fille ne dégageait pas une odeur. Simplement parce que Matilde avait la peau presque café au lait, c'était la plus foncée de toutes les filles de la Congrégation de Marie qui avaient chanté à la messe pour mon père. Je l'avais déjà aperçue du coin de l'œil plusieurs fois à la sortie de la messe de onze heures, là même, dans l'église de la Candelária. À vrai dire, je n'avais jamais pu observer cette fille à loisir car elle ne tenait pas en place, elle parlait, tournicotait, disparaissait au milieu de ses amies, secouant ses cheveux noirs bouclés. Elle sortait de l'église comme si elle sortait du cinéma Pathé où à l'époque on passait des films d'aventures américains. Mais maintenant, au moment où l'orgue jouait l'introduction à l'offertoire, mes yeux sont tombés sans le vouloir sur elle, je les ai détournés, puis je l'ai regardée de nouveau et je n'ai plus pu la lâcher. Car ainsi en suspens et les cheveux attachés, elle était encore plus intensément elle-même, dans son balancement discret, son tumulte intérieur, ses gestes et son rire enfermés à l'intérieur, à tout jamais, hélas. Alors, je ne sais comment, en pleine église, je fus pris d'une folle envie de connaître sa chaleur. J'imaginai que la serrer dans mes bras à l'improviste, pour qu'elle palpite et se débatte contre ma poitrine, serait comme étouffer entre mes mains le petit oiseau capturé dans mon enfance. J'étais en train de caresser ces fantaisies profanes lorsque ma mère me prit par le bras pour aller communier. J'hésitai, traînai un peu des pieds, je ne me sentais pas digne du sacrement, mais le refuser à la vue de tous aurait été un manque de respect. Avec une certaine peur de l'enfer, j'allai finalement m'agenouiller au pied de l'autel et je fermai les yeux pour recevoir l'hostie sacrée. Quand je les rouvris, Matilde se tournait vers moi et souriait, assise à l'orgue qui n'était plus un orgue, mais le piano à queue de ma mère. Ses cheveux mouillés étaient étalés sur son dos nu, mais je crois que je viens déjà de sombrer dans le sommeil.

5

Voici comment les choses se passent, on m'arrache à mon lit, on me flanque sur un brancard, personne ne se soucie de mon inconfort. Je ne suis même pas bien réveillé, on ne m'a pas brossé les dents, j'ai le visage chiffonné et je ne suis pas rasé, et c'est avec cet aspect lamentable qu'on me fait défiler sous la lumière froide du corridor qui est un véritable purgatoire, avec une masse d'estropiés par terre, sans parler des clochards qui viennent là se repaître du malheur d'autrui. Je tire donc le drap pour en recouvrir mon visage jadis beau, que l'on s'empresse d'exposer de nouveau afin que je n'aie pas l'air d'être mort car ça fait mauvaise impression ou parce que c'est vexant pour un brancardier de transbahuter un macchabée. Ensuite il y a l'ascenseur où tout le monde me dévisage sans cérémonie, au lieu de regarder le sol ou le plafond, ou les boutons des étages, car en fait ça ne coûte rien de reluquer un vieux machin. Arrivé en haut, il y a un autre corridor plein de zigzags et de lamentations et de hurlements, puis enfin la vieille salle pour la tomographie et je ne sais à qui profite pareil chamboulement. On m'a déjà fait je ne sais combien de radios, on m'a palpé partout et ensuite on ne me dit rien, on ne me tend jamais la moindre radiographie de mes poumons. À ce propos, j'aimerais jeter un coup d'œil sur mes photos personnelles, et vous, docteur, qui avez l'air courtois, si cela ne vous dérange pas trop, faites donc un saut chez moi. Demandez à ma mère de vous indiquer le petit secrétaire baroque en jacaranda dont le tiroir du milieu est bourré de photographies. Cherchez bien et apportez-moi une photo de la taille d'une carte postale, avec janvier 1929 écrit à la main au verso, représentant une petite foule sur le quai du port, avec un navire à trois cheminées à l'arrière-plan. De la foule on voit seulement le dos des vêtements et l'arrière des chapeaux, car tout le monde était tourné vers le *Lutétia* dans la baie. Mais n'oubliez pas de m'apporter aussi la loupe qui se trouve toujours dans le plus petit tiroir et je vous montrerai quelque chose. Si on examine attentivement la photo, on y aperçoit un unique visage, celui d'un homme tourné vers l'objectif, et je vous assure que cet homme en costume noir et chapeau melon c'est moi. Il est inutile de se munir d'une loupe plus puissante, car une physionomie trop agrandie se déforme, on n'y distingue ni bouche, ni nez, ni yeux, ce serait comme un masque en caoutchouc avec une moustache sombre. Et même si l'image était nette, les traits délicats de mon visage d'à peine vingt-deux ans vous paraîtraient peut-être moins vraisemblables qu'un masque en caoutchouc. Mais j'étais là et je me souviens bien de tous ces gens hypnotisés par l'apparition du *Lutétia* qui avait eu lieu de façon un peu théâtrale, en faisant irruption d'un brouillard épais. Je regardai en cet instant derrière moi et j'aperçus un photographe avec son équipement à une vingtaine de mètres de distance. Ce n'était pas une nouveauté, depuis un certain temps déjà ces amateurs ou ces professionnels de la photographie se multipliaient partout et captaient des instantanés pour la postérité, comme on disait. Je supposai alors, non sans vanité, que lorsque cet instantané serait révélé, je serais l'unique personne à y figurer de face pour la postérité. Et quand bien des années auraient passé, une fois apaisée la course effrénée du temps, je serais quand même encore d'une certaine façon un visage survivant, car j'avais eu l'instinct de me retourner vers l'appareil à cet instant-là. En même temps que cette photo, j'en avais acquis une similaire chez un bouquiniste, de la même dimension, prise quelques heures après la première, sous le même angle et avec la même lentille, à l'évidence par le même photographe. Le *Lutétia* avait alors déjà accosté et les passagers, entourés d'amis et de parents, avançaient sur le quai en direction de l'entrepôt de la douane. Je m'y trouve en bas à gauche, à côté d'un individu plus grand, en costume gris ou beige, avec un canotier à moitié déformé sur la tête. Je regarde de nouveau l'appareil, mais cette fois contrarié d'avoir l'air d'être quasiment un laquais, transportant un pardessus et une serviette en cuir appartenant à quelqu'un d'autre. Le nom du monsieur à côté de moi était Dubosc et si la photographie avait été sonore, une grosse voix en sortirait, demandant où était la délégation française. À ce moment-là il ne m'avait probablement pas encore reconnu, car après avoir abandonné entre mes mains pardessus et serviette, il regardait au-dessus de ma tête et n'arrêtait pas de dire, l'ambassadeur? l'ambassadeur? Il était déjà prévu que l'ambassadeur lui ouvrirait les salons dans la soirée du samedi pour une réception en présence du corps diplomatique, des autorités et des notabilités de la société locale, mais Dubosc ne se tenait pas pour satisfait. Je m'étais déclaré dans un français correct enchanté de le revoir, après nos rendez-vous inoubliables à Paris, en compagnie de feu mon père, le sénateur Assumpção. Mais pas même la mention de mon père n'eut d'effet, il s'obstinait à réclamer le consul, l'attaché militaire, et il protesta avec une voix forte contre le retard à récupérer son bagage. On sait que certaines personnes voyagent mal, tout comme certains vins en transit s'irritent, raison pour laquelle je jugeai prudent de le conduire en silence au Palace Hotel, l'y laissant se remettre à son aise jusqu'au lendemain. De plus, je souhaitais rentrer vite chez moi où ma femme me remercierait peut-être de lui avoir épargné une sortie fastidieuse. Et déjà dans le vestibule, notre homme prit en grippe le Palace qui indéniablement ne pouvait se comparer au Ritz de

Paris, mais qui était le meilleur hôtel de l'avenue Centrale, avenue qui provoqua aussi son dégoût, parce qu'elle se prétendait européenne. Ce Dubosc, je vous dirai que je ne sais pas ce qu'il est devenu, mais s'il avait à l'époque la quarantaine, d'après mes calculs il doit être mort depuis plus de vingt ans. Je forme des vœux pour qu'il ait fini paisiblement ses jours auprès des siens, et d'une attaque foudroyante, afin de ne pas traîner comme moi une vie de douleurs, mes os à présent me font mal et aussi mes escarres chaque fois que je me retourne sur le brancard. J'imagine comment lui, à ma place, aurait pesté contre l'air glacial dans cette salle et la chaleur étouffante au-dehors. J'espère même qu'il ne sera jamais entré dans des ascenseurs pestilentiels, qu'il n'aura jamais vu ces cancrelats grimper sur les murs, ni goûté à la tambouille d'un hôpital comme celui-ci, ni continué à dire merde alors jusqu'à l'heure de sa mort. Car tout, assurément, est une merde, mais ensuite les choses s'améliorent un peu quand ma bien-aimée vient le soir.

6

Quand je sortirai d'ici, nous commencerons une vie nouvelle dans une ville ancienne, où tout le monde se salue et où personne ne nous connaîtra. Je t'apprendrai à parler comme il faut, à te servir des différents couverts et verres à vin, je choisirai ta garde-robe avec soin et te ferai lire des livres sérieux. Je sens que tu pourras le faire car tu es appliquée, tu as des mains douces, tu ne prends pas l'air dégoûté même quand tu me laves, bref tu sembles être une fille qui a de la dignité malgré tes origines modestes. Mon autre femme avait reçu une éducation rigoureuse, mais ça n'avait pas empêché maman de ne pas comprendre pourquoi je l'avais choisie elle, parmi toutes les filles de bonne famille. Ma mère était d'un autre siècle, elle m'avait même demandé un jour si le corps de Matilde ne dégageait pas une odeur. Simplement parce que Matilde avait la peau presque café au lait, elle était la plus foncée parmi ses sept sœurs, filles d'un député coreligionnaire de mon père. Je ne sais pas si je t'ai jamais raconté que j'avais déjà vu Matilde en passant, à la porte de l'église de la Candelária. Mais je n'avais jamais pu l'observer comme le jour où je l'ai surprise pendant la pause précédant l'offertoire. Elle faisait partie de la chorale qui chantait le *Requiem* et sa robe d'enfant de Marie ne lui allait pas bien, elle était comme une pièce de tissu autour d'elle, détachée de sa peau. Un tissu raide telle une armure, qui n'avait rien à voir avec son corps, et un corps nu là-dessous aurait même pu danser sans se faire remarquer. C'étaient les obsèques de mon père, pourtant je ne parvenais pas à faire abstraction de Matilde, je m'efforçais de deviner ses mouvements les plus intimes et ses pensées si distantes. Je percevais de loin sa rougeur, son regard bondissant comme une balle de ping-pong, son rire contenu pendant qu'elle chantait : *libera anima omnium fidelium defunctorum de poenis inferni.* Et je reçus une sorte de choc électrique quand maman toucha mon coude, m'invitant à aller communier. Mais à peine m'étais-je relevé que je me suis de nouveau agenouillé sur le prie-Dieu pour éviter un scandale. Il ne fallait absolument pas qu'on me voie debout et surtout pas à côté de ma mère, dans l'état indécent où je me trouvais. Alors, me cachant le visage avec les mains, faisant passer ma honte pour du chagrin, je m'efforçais de penser à des choses très tristes pendant que maman me consolait. Quand je réussis à me défaire en partie de mon embarras, tête baissée, j'accompagnai maman jusqu'au maître-autel et je communiai, conscient de commettre un sacrilège pour lequel je serais bientôt puni. Et avec l'hostie encore entière sur la langue, presque sans le vouloir, j'ouvris les yeux en direction du chœur, qui s'était dissous. J'assistai, contrit, au dénouement de la cérémonie, après quoi je me postai avec maman pour accueillir l'immense file de personnes venant nous saluer. Je reçus des condoléances solennelles, des effusions d'inconnus, des mains poisseuses et des haleines aigres, n'espérant déjà plus revoir Matilde. Jusqu'au moment où je l'entrevis à côté de ses parents, puis brièvement au milieu de ses sœurs, puis dans le groupe des enfants de Marie. Je l'aperçus qui s'approchait, non pas en ligne droite, mais en cercles concentriques, bavardant avec la moitié des gens autour d'elle, comme si elle faisait la queue devant un marchand de glaces. Plus elle s'approchait, plus je désirais ardemment la voir face à face et plus j'étais angoissé par l'éventualité de perdre une nouvelle fois mon air digne. Elle est arrivée, m'a fixé de ses yeux soudain emplis de larmes, m'a serré sur son cœur et a susurré dans mon oreille, courage, Eulálio. Matilde a dit Eulálio et m'a décontenancé. Son souffle chaud dans le creux de mon oreille m'a causé un frisson et j'en ai senti un autre, à rebrousse-poil, en entendant un nom qui m'humiliait presque. Je ne voulais pas être Eulálio, seuls les prêtres m'appelaient ainsi quand j'étais au collège. Plutôt qu'être appelé Eulálio, je préférais vieillir et être enterré avec mes surnoms d'enfant, Lalá, Lalinho, Lilico. Le Eulálio de mon arrière-arrière-arrière-grand-père portugais, transmis à mon arrière-arrière-grand-père,

31

à mon arrière-grand-père, à mon grand-père
et à mon père, était pour moi moins un nom
qu'un écho. Alors, je la regardai bien en face et
je lui dis, je n'ai pas compris. Matilde répéta,
courage, Eulálio, et à cet instant, dans sa voix
légèrement rauque il me sembla que mon nom
Eulálio acquérait une texture. Elle prononça
mon nom en l'écorchant légèrement et, quand
elle se retira en faisant volte-face, j'eus, comme
je le craignais, un nouvel emportement obscène.
Ses six sœurs bien blanches s'approchaient déjà
dans le sillage de leur père député fédéral qui
tenait madame leur mère par le bras, lesquels
seraient suivis par les enfants de Marie, puis
encore par une longue file à laquelle il était
impossible d'échapper. Je m'inclinai, feignant
d'être pris de coliques, je m'éloignai de ma mère
plongée dans la tristesse et je me précipitai sur
la première porte venue. Je traversai la sacristie,
faisant sursauter le curé et ses acolytes, et j'atteignis une sortie latérale de l'église. En apercevant des gens sur le trottoir, j'ôtai mon paletot,
j'en protégeai mes jambes et je me glissai dans
une ruelle. Mais déjà sur l'avenue Beira-Mar je
pouvais marcher comme il sied à un monsieur,
sauf que j'avais oublié mon chapeau sur le banc
de l'église. Et au bout de cette longue marche j'arrivai, manches retroussées, à la grande demeure
de Botafogo où je vis le vieux chauffeur de ma
mère adossé au capot de la Ford. J'entrai par-
derrière et je montai directement dans la salle
de bains, car j'avais beaucoup transpiré et j'avais
besoin d'une douche fraîche. Et il était urgent

que je comprenne mieux le désir qui m'avait déboussolé, je n'avais jamais rien ressenti de semblable. Si c'était ça le désir, je puis affirmer qu'avant Matilde j'avais été chaste. Qui sait si, par inadvertance, je ne m'étais pas approprié la volupté de mon père, de la même façon que du jour au lendemain j'avais hérité de ses cravates, cigares, négoces, biens immobiliers, et d'une éventuelle carrière dans la politique. Ce fut mon père qui m'initia aux femmes à Paris; pourtant, plus que les Françaises elles-mêmes, c'était son regard sur elles qui m'avait toujours impressionné. Tout comme l'arôme des femmes d'ici ne m'impressionnait pas autant que son odeur à lui qui imprégnait la garçonnière qu'il me prêtait. Je me regardais à présent sous la douche presque avec crainte, imaginant dans mon corps toute la force et les appétits insatiables de mon père. En parcourant mon corps des yeux, j'eus la sensation de posséder un désir potentiel aussi puissant que son désir à lui pour toutes les femelles du monde, mais concentré sur une seule femme.

7

Bonjour, fleur du jour, mais il doit y avoir des façons moins funestes de se réveiller qu'avec une fille qui pleurniche à votre chevet. Et visiblement, une fois de plus tu es venue sans mes cigarettes, et je ne parle même pas de cigares. Je sais qu'il est interdit de fumer ici à l'intérieur, mais on se débrouillera, je ne te demande tout de même pas d'entrer dans l'hôpital avec de la cocaïne. Je te raconterai comment un beau jour, à Paris, ton grand-père a décidé de m'emmener dans une station de sports d'hiver. Papa était un homme avec des intérêts multiples, mais jusqu'alors je ne lui connaissais pas cette facette sportive. À dix-sept ans, selon lui, il était plus que grand temps que je fasse connaissance avec la neige, nous avons donc affronté le long voyage en train jusqu'à Crans-Montana, dans les Alpes suisses. Le soir, nous sommes entrés dans l'hôtel, munis de bottes, de gants et de bonnets de laine, de paires de skis et de bâtons, tout le saint-frusquin. J'étais sur le point d'aller dormir lorsque papa m'a appelé dans sa chambre, s'est assis sur une chaise longue et a ouvert un étui d'ébène. C'est quoi ça, père? C'est la neige, allons voyons, dit-il avec le plus grand sérieux, papa se faisait un point d'honneur de ne jamais se départir de sa gravité. Il a divisé en quatre lignes la poudre extrêmement blanche à l'aide d'une petite spatule, puis il m'a tendu un cylindre en argent. Mais il ne s'agissait pas de cette cochonnerie que les imbéciles sniffent ici, c'était de la cocaïne ultrapure, que prenaient seulement ceux qui en avaient les moyens. Elle ne pétrifiait pas la bouche, n'empêchait pas d'avoir faim ni de bander, et c'était tellement vrai qu'il a aussitôt fait monter des prostituées. Ma mère m'inspire parfois de la pitié, car même après sa mort papa ne l'a pas laissée en paix. Ta grand-mère dut recevoir chez elle le chef de la police, supporter ses questions insolentes car le bruit courait que mon père avait été assassiné sur l'ordre d'un cocu. Cela parce qu'il avait été mitraillé en entrant dans sa garçonnière, mais maman ne lisait que *O Paiz*, dont les reportages attribuaient le crime à l'opposition. Il est vrai aussi que le malheur seyait à maman, les vêtements noirs convenaient à sa nature. Tout comme chez toi toute couleur est criarde, tu restes pâle malgré le soleil, aujourd'hui je peux te dire que lorsque tu étais jeune j'avais de la peine à te voir ne pas y aller de main morte quand tu te fardais. Tu ne m'as jamais convaincu dans tes jours de gloire, quand ton amoureux et toi vous vous bécotiez à l'intérieur d'une Bentley décapotable. Tu étais méconnaissable dans ta robe de mariée ou à moitié ivre lors de la réception au Jockey Club, tu semblais hors de toi en m'adressant des signes du haut du pont du Conte Grande, avec tes lunettes noires et tes gants rouges. Tu es revenue très gaie de ta lune de miel, tu parlais même avec ravissement d'une audience avec Pie XII au Vatican. Et je m'efforçais de partager tes émerveillements, au point de te féliciter quand tu m'as montré ton passeport où un Palumba s'était ajouté au nom de famille Assumpção. J'avoue que moi aussi je m'amusais avec Amerigo Palumba, surtout en voyant la petite décoration au revers de sa veste avec la couronne du parti monarchique italien. La pochette en soie, les boutons de manchette en brillants, la perle sur l'épingle de cravate, ce style était cocasse si l'on considère que le vieux Palumba s'était enrichi à São Paulo en étripant des porcs. Je ne sais si son fils avait honte des saucisses, mais il doit avoir levé les mains au ciel pendant la guerre, quand les bandes antifascistes ont incendié ses installations frigorifiques. Après la guerre il s'est installé dans la capitale, il s'est mis à investir dans la Bourse des valeurs, il désignait l'argent par ses noms familiers et, quand il a fait entrer sa jeune femme à l'intérieur d'un petit palais à flanc de coteau dans le quartier de Flamengo, il a trouvé élégant de me préciser le montant de son loyer. Et tu continuais à être étrangement heureuse, entièrement prise par la décoration en style Second Empire du petit palais. Tu allais aux courses à l'Hippodrome, à la piscine du Copacabana Palace, tu me rappelais presque ta mère quand tu dansais le tango. Jusqu'au jour où Amerigo Palumba m'a escroqué et a disparu. Un mois plus tard, chassée du petit palais pour insolvabilité, tu es retournée à ton état habituel et, courbant un peu le dos, tu me regardais, l'air de dire, tu as vu ça ? Les factures pleuvaient, les traites de la décapotable, de la compagnie de navigation, de l'antiquaire, de tous côtés explosaient effets de commerce, hypothèques, lettres de change et tu me répétais, ne te l'avais-je pas dit ? Je recevais d'Amerigo Palumba des nouvelles n'inspirant guère confiance. J'ignore s'il s'était servi de mes finances pour acquérir des titres nobiliaires, le bruit court même qu'il s'était lié avec le roi détrôné d'Italie. Il avait été vu en train de perdre de l'argent à tout va dans le casino d'Estoril, pour le plus grand ravissement de plusieurs vieux ducs, car gagner à la roulette était le propre des nouveaux riches. C'était, comme on disait jadis, père riche, fils noble, petit-fils pauvre. Le petit-fils pauvre se trouva être dans ton ventre, Eulálio d'Assumpção Palumba, le grand gaillard élevé par nous et devenu rebelle à juste titre. En atteignant la maturité il s'est rangé, mais tu te souviendras sûrement du temps où il s'était mis dans la tête de devenir communiste. Imagine un peu ce que ta grand-mère aurait dit, petite-fille mariée avec un fils d'immigrant et arrière-petit-fils communiste d'obédience chinoise. Ton fils a engrossé une autre communiste, laquelle a eu un moutard en prison et est décédée en taule. Tu dis que lui-même est mort entre les mains de la police et en effet je me souviens vaguement de cette affaire. Mais on ne peut pas se fier aux souvenirs d'un vieillard et maintenant je suis sûr d'avoir vu récemment ce grand gaillard d'Eulálio, fort comme un Turc. Il m'a même donné une boîte de cigares, mais suis-je bête, celui qui est mort était un autre Eulálio, un qui ressemblait à Amerigo Palumba en plus maigre. C'est l'Eulálio maigre qui est devenu communiste, parce qu'il était né déjà en prison et on raconte qu'il a connu un sevrage précoce. Raison pour laquelle il fumait de la marijuana, battait ses institutrices et a été expulsé de toutes les écoles. Mais bien que semi-analphabète et pyromane, il s'est déniché un emploi et a prospéré, l'autre jour il m'a offert une boîte de cigares. Il m'a rendu visite à la maison avec une petite amie qui avait le ventre à l'air et un anneau dans le nombril. Celle-là me plairait bien comme bru, mais celle qui a accouché en prison était une autre. Je n'oublie pas le jour où on m'a téléphoné pour que j'aille chercher le bébé à l'hôpital de l'Armée, le colonel a été courtois, a déclaré qu'il m'avait connu dans le temps. J'ai même été ému en voyant le marmot, pratiquement orphelin de père et de mère, car Amerigo Palumba était loin et toi, en prison et n'ayant le droit de voir personne. Mais, attends un peu, ce n'est pas possible car tu es sortie de l'hôpital à côté de moi, avec l'enfant dans les bras. Tout ce que je sais c'est qu'Eulálio d'Assumpção Palumba Júnior a été baptisé et élevé par nous, aujourd'hui c'est ce grand gaillard qui te promène en voiture et qui m'offre des cigares cubains. Il est venu chez moi l'autre jour avec une petite amie qui avait une épingle dans le nombril et n'avait nullement l'air d'une communiste. Et le grand gaillard ne semble pas non plus être du genre à distribuer des tracts contre la dictature. Tu le confonds sûrement avec l'autre, cet Eulálio plus brun, coureur de jupons, qui a eu une aventure avec une Japonaise et qui a engrossé sa cousine. Mais celui-là, si je ne m'abuse, était le fils du grand gaillard Eulálio avec la fille au nombril, ma tête parfois s'embrouille un peu. C'est un sacré embrouillamini, ma fille, tu ne m'embrasses même pas? Il est déplaisant d'être abandonné ainsi, en train de parler au plafond.

8

La mémoire est vraiment un chaos, mais tout est là, à l'intérieur, après y avoir fureté un peu, son propriétaire est en mesure d'y retrouver tout. Ce qu'il ne faut pas c'est qu'une personne extérieure s'en mêle, telle la femme de ménage qui déplace ma paperasse pour épousseter le bureau. Ou comme ma fille, qui prétend disposer de ma mémoire dans son ordre à elle, chronologique, alphabétique, ou par matières. Il y a quelque temps, j'ai croisé un certain colonel dans un corridor sombre de l'hôpital de l'Armée. Il m'a affirmé m'avoir rencontré quand il était encore sergent, mais son visage dans la pénombre ne me disait rien. Ni certainement le mien pour lui, qui m'avait reconnu à cause de mon nom. Mais là ma mémoire n'avait pas agi pareillement et, dans ces cas-là, pour ne pas blesser son prochain, on a coutume de dire, ah oui, bien sûr, comment vas-tu, et on s'en tient là. Car on a la flemme de fouiller sans arrêt dans sa mémoire, mais il a cru que je m'efforçais de me souvenir de lui et il a voulu me prêter main-forte. Et il n'a fait que semer une confusion encore plus grande en me disant, en français, que quarante ans ça passe comme un songe, et je me suis demandé s'il citait un poète. J'allais prendre congé de lui lorsqu'il a mentionné les essais de pièces d'artillerie à Marambaia, et je ne sais pas pourquoi il ne l'a pas fait dès le début, car en un instant tout s'est illuminé. Il aurait d'ailleurs été inutile de fourrager dans des archives de noms et de visages car ma mémoire avait fixé le sergent dans le paysage. C'était une journée ensoleillée et du haut d'une dune je contemplais l'endroit le plus étroit de la langue de terre, une ligne de sable très blanc que l'océan n'avalait pas par caprice, ou compassion, ou préoccupation maternelle, ou par sadisme. Les vagues écumaient simultanément, à droite et à gauche du ruban de sable, c'était comme une plage devant un miroir. Le sergent se tenait au pied de ma dune, au milieu d'un groupe de jeunes soldats, tous en pantalon vert olive et sans veste, dans des chemisettes trempées qui leur collaient au corps. Il aidait à positionner un canon dans le sable, conformément aux instructions de l'ingénieur français. Il se distinguait par ses quelques connaissances de la langue, se portant volontaire pour traduire les instructions à ses camarades, ce qui me permettait de m'adonner à la contemplation. Les gars s'échinaient à exécuter les travaux de force, mais c'était Dubosc, assis sur une caisse de munitions, qui paraissait souffrir le plus de la chaleur. Et tous ces efforts s'avérèrent finalement vains car après que la batterie fut installée sur la ligne de feu, nous reçûmes la nouvelle que le ministre de la Guerre avait annulé sa visite à la démonstration. Le sergent traduisit le message de l'émissaire, mais ce fut vers moi que se portèrent immédiatement les regards de Dubosc. Et je dois reconnaître que la mauvaise humeur était prémonitoire chez le Français, car tôt ou tard les ennuis venaient lui donner raison. Il m'incombait d'amortir ses accès de fureur, je passai les deux heures de voiture jusqu'au Palace Hotel à lui servir de punching-ball. Dissimulé, perfide, incompétent, indolent, manquant de ponctualité et même conduisant comme un pied, j'écoutai en silence d'innombrables insultes car je savais qu'au fond elles ne s'adressaient pas à ma personne, mais de façon générale à mes compatriotes. De temps en temps Dubosc exagérait, il était un ingénieur nerveux. À peine arrivé dans le pays, il voulait trouver toutes les portes ouvertes, ou alors les faire exploser à la dynamite. Moi je savais que les portes étaient entrouvertes, mon père les avait franchies maintes fois. Comme j'étais un jeune homme inexpérimenté, d'après le Français qui me jugeait à mon apparence, je me verrais peut-être perdu demain dans un labyrinthe avec sept cents portes. Mais je ne doutais pas que pour moi la bonne porte s'ouvrirait d'elle-même. Derrière elle, justement, la personne que je cherchais m'appellerait par mon nom. Et elle s'empresserait de m'annoncer à la personne influente qui descendrait l'escalier pour me recevoir. Et qui m'ouvrirait son bureau où plusieurs appels téléphoniques m'attendraient déjà. Et au téléphone, des personnes haut placées me souffleraient les mots qu'elles désiraient entendre. Et les yeux fermés, je graisserais des pattes en chemin tout comme mon père en avait graissé. Et pour le triple du prix convenu, elles m'achèteraient les canons, les obus, les fusils, les grenades et toutes les munitions que la société avait à vendre. Je porte le nom d'Eulálio d'Assumpção, et c'est l'unique raison pour laquelle Le Creusot & Cie m'a confirmé en qualité de son représentant dans le pays. Et pendant que mes démarches progressaient, il était même souhaitable que Dubosc se distraie avec des balades en bateau ou dans la montagne à chasser le capybara, toujours en compagnie de ses connaissances dans la colonie française. Mais il n'avait pas honte non plus de me téléphoner tard le soir, faute d'un meilleur partenaire, pour me demander de l'escorter dans un restaurant ou un dancing. En dehors du travail, il révélait un autre tempérament, il se vantait de ses progrès dans les cours de tango, de fox-trot, de charleston, de maxixe, la dernière nouveauté était le rythme de la samba. Et un jour, dans le cabaret Assirius, après avoir dansé avec des dames assises à une autre table, il commanda une énième *batida de limão* et me demanda pourquoi je n'étais jamais accompagné de ma femme dont tout le monde vantait le charme. J'ignore d'où il tenait ça, dans son cercle personne ne connaissait Matilde. Il dit aussi qu'au téléphone mon épouse avait une voix chaude et parlait un excellent français. Il avait sûrement dit ça pour me flatter et ça me fit rire car Matilde était presque ignare en français. J'avais même songé à l'emmener à la réception de l'ambassade, et pour cette occasion elle s'était fait faire les ongles et avait choisi une robe orange. Mais j'avais conclu que ça ne valait pas la peine, Matilde se serait sentie intimidée dans ce milieu. La politique ne l'intéressait pas, les affaires encore moins, elle aimait les films de cow-boy, mais elle ne soutiendrait pas une conversation sur la littérature. Elle était assez ignorante en science, en géographie et en histoire, bien qu'elle eût fréquenté le Sacré-Cœur de Jésus. À seize ans, quand elle quitta le collège pour m'épouser, elle n'avait pas terminé le cycle secondaire. Elle avait étudié le piano, comme toutes les jeunes filles de son milieu, mais elle ne brillait pas non plus dans cette matière. Nous étions encore fiancés le jour où elle s'était assise devant le Pleyel de ma mère et je m'apprêtais à écouter une pièce de Mozart, compositeur qu'elle avait chanté ou fait semblant de chanter, lors de la messe du septième jour pour mon père. Mais elle avait joué d'une main lourde une danse endiablée appelée Macumba Gegê, allez savoir où elle avait appris pareille chose. Et maman avait dévalé l'escalier pour voir ce qui diable se passait. Le lendemain, ma mère m'avait demandé si les parents de Matilde lui permettaient de rester seule avec moi à la maison, tous les après-midi après les cours. Elle n'avait pas conscience que, le soir, je guettais de ma fenêtre à l'arrière de la maison le moment où Matilde foulait le gazon du jardin sur la pointe des pieds, entre les badamiers et le logis des domestiques. Je descendais en courant et lui ouvrais la porte de la cuisine, que Matilde franchissait à peine. Elle s'appuyait contre le mur de la cuisine, le souffle court, et me regardait en ouvrant tout grands ses yeux noirs. Nous nous contemplions pendant cinq, dix minutes, elle avec les mains à hauteur de ses hanches, attrapant sa jupe et la tortillant. Et elle rougissait peu à peu jusqu'à devenir cramoisie, comme si en dix minutes un après-midi de soleil était passé sur son visage. À un empan de distance d'elle, j'étais le plus grand homme du monde, j'étais le soleil. Je voyais ses lèvres s'entrouvrir et au-dessus d'elles de toutes petites gouttes de sueur perlaient pendant que ses paupières lentement cédaient. Je me jetais enfin contre son corps, je pressais le sien contre le mur de la cuisine, sans contact entre nos peaux et sans avancées de mains ou de jambes, en vertu d'une sorte d'accord jamais exprimé. Je l'écrasais presque avec mon torse, jusqu'à ce qu'elle dise, je vais jouir, Eulálio, et son corps tout entier tremblait, faisant trembler le mien à côté du sien. Une tristesse me venait, puis des pensées parallèles, le chien du voisin, la bière glacée dans le Frigidaire, le lac chaud sur mes cuisses, le chien, mon pantalon et mon caleçon souillés de sperme, le Frigidaire que mon père avait fait venir des États-Unis, la femme qui faisait la lessive montrant mes vêtements à maman, la bière dans le Frigidaire que papa n'avait même jamais vu. Quand je reprenais mes esprits, j'étais collé contre le carrelage sur le mur, car dans un mouvement glissé Matilde m'échappait toujours. Et chaque fois j'allais inspecter les salons, les chambres, les salles de bains, la cave et le grenier, feignant de croire qu'elle se serait réfugiée par erreur à l'intérieur de la maison. Bien plus tard, lorsqu'elle sortit de ma vie, cette impulsion de la chercher ainsi, tous les soirs, dans le chalet de Copacabana, me resta. Et jusqu'à la fin je laissai toutes les portes ouvertes pour elle, mais je ne devrais pas parler ainsi autant de ma femme. Te voilà qui arrives avec la seringue, il vaut mieux dormir, voici mon bras.

9

Quand je mourrai, mon chalet disparaîtra avec moi, pour céder la place à un immeuble. Il aura été la dernière maison de Copacabana qui deviendra alors semblable à l'île de Manhattan, hérissée de gratte-ciel. Mais auparavant Copacabana ressemblera à Chicago, avec des flics et des gangsters qui échangeront des coups de feu dans les rues, et même cela ne m'empêchera pas de dormir avec les portes ouvertes. Peu importe qu'entrent chez moi des galvaudeux et des mendiants et des estropiés et des lépreux et des drogués et des fous, pourvu qu'ils me laissent dormir longtemps. Car tous les jours je me réveille avec le soleil sur le visage, la télévision qui hurle, et je comprends aussitôt que je ne suis pas à Copacabana, le chalet a disparu depuis plus d'un demi-siècle. Je suis dans cet hôpital infect, et en disant ça je n'ai pas l'intention d'offenser les personnes présentes. J'ignore qui vous êtes, je ne connais pas vos noms, je peux à peine tourner le cou pour voir de quoi vous avez l'air. J'entends vos voix et je peux en conclure que vous êtes des gens du peuple, sans beaucoup d'instruction, mais mon lignage ne me rend pas meilleur que quiconque. Ici, je ne jouis d'aucun privilège, je crie de douleur et on ne me donne pas mes opiacés, nous dormons tous dans des lits qui grincent. Il serait même comique que, tout souillé de déjections dans mes couches, je vous dise que je suis né dans une famille huppée. Personne ne voudra savoir si d'aventure mon trisaïeul a débarqué au Brésil avec la cour portugaise. Ça ne m'avancera en rien de me vanter qu'il fut le confident de dona Maria la Folle, si ici personne n'a aucune idée de qui fut cette reine. Aujourd'hui, je fais partie de la scorie comme vous et, avant d'avoir été interné ici, j'habitais avec ma fille par faveur dans une bicoque d'une seule pièce au diable vauvert. Je peux à peine me payer mes cigarettes, je n'ai pas non plus de vêtements appropriés pour sortir de chez moi. Je me souviens uniquement de ma dernière promenade à cause d'une prise de bec avec un chauffeur de taxi. Il refusait de m'attendre une petite demi-heure devant le cimetière de São João Batista et comme il s'adressait à moi de façon discourtoise, j'ai perdu la tête et j'ai haussé le ton, figurez-vous, monsieur, que je suis l'arrière-petit-fils du baron dos Arcos. Il m'a aussitôt envoyé me faire foutre, de même que le baron, insolence dont je ne peux même pas le blâmer. Il faisait très chaud dans la voiture, c'était un mulâtre dégoulinant de sueur et moi je jouais au gentilhomme. Je m'étais comporté en snob, mot qui, comme vous le savez sûrement, qualifie un individu dépourvu de noblesse. Beaucoup d'entre vous, sinon tous ici, avez des ascendants esclaves, voilà pourquoi j'affirme avec orgueil que mon grand-père fut un grand bienfaiteur de la race noire. Sachez qu'il a visité l'Afrique en mille huit cent et quelques, rêvant d'y fonder une nouvelle nation pour vos ancêtres à tous. Il a voyagé en cargo jusqu'à Luanda, a visité le Nigeria et le Dahomey, et finalement sur la Côte-de-l'Or il a rencontré d'anciens affranchis bahianais dans la communauté des Tabom, ainsi nommés parce qu'ils avaient conservé de notre langue la manie de dire « tá bom ». Et ils ont répété leur rengaine devant mon grand-père, comme pour corroborer que la Côte-de-l'Or était une terre de bon augure pour pareille entreprise. Et après avoir conclu un accord d'association avec les colonisateurs anglais, mon grand-père a lancé au Brésil une campagne pour la fondation du Nouveau Libéria. Grand-papa était vraiment un visionnaire, il a dessiné lui-même le drapeau du pays, des bandes multicolores avec un triangle doré au centre et un œil à l'intérieur du triangle. Il a commandé l'hymne officiel au grand Carlos Gomes, pendant que des architectes britanniques concevaient la future capitale, Petróvia. Il avait conquis l'appui de l'Église, de la franc-maçonnerie, de la presse, des banquiers, des propriétaires terriens et de l'empereur lui-même, tous trouvaient juste que les fils de l'Afrique puissent retourner à leurs origines, au lieu de déambuler continuellement au Brésil dans la misère et l'ignorance. Mais rien de cela ne vous intéresse et vous augmentez même le volume de la télévision pour couvrir ma voix déjà chevrotante. Je voulais vous dire que mon aïeul fut le commensal de dom Pedro II, qu'il correspondit avec la reine Victoria, mais je suis obligé de regarder ces danseuses extravagantes teintes en blond. Et sans m'en demander l'autorisation, les brancardiers me traînent de nouveau à la tomographie, c'est toujours la même histoire. Ils galopent avec mon brancard le long de ces courbes et de ces rampes si abruptes qu'on dirait plutôt le Tremplin du Diable, un de ces jours j'aurai un accident fatal. Tout ça pour encore un examen de routine, et vous, docteur, qui avez des relations, vous réussirez peut-être à me transférer dans une maison de santé traditionnelle, tenue par des religieuses. Que ça reste entre nous deux, mais dernièrement je me sens très agité, on se trompe certainement dans mes remèdes. Je suis sûr qu'on met de l'arsenic dans ma nourriture et, s'il m'arrive le pire, ces gens ne perdent rien pour attendre, les journaux s'emploieront à diffuser la nouvelle. Et on remettra sur le tapis l'assassinat de mon père, un homme politique important, en plus d'être un homme cultivé et bien fait de sa personne. Sachez, docteur, que mon père fut un républicain de la première heure, l'intime de présidents, sa mort brutale fut divulguée même dans des journaux en Europe où il jouissait d'un immense prestige et était courtier en café. Il faisait des affaires avec des marchands d'armes en France, il avait des amis haut placés à Paris et, au tournant du siècle, encore très jeune, il s'était associé avec des chefs d'entreprise anglais. Doté d'un esprit pratique, il fut le partenaire des Anglais dans la Manaus Harbour et non pas dans l'aventure africaine de son père, également victime de la jalousie et de la médisance. Sachez que mon grand-père est né très riche, il n'allait pas salir son nom en s'enrichissant avec des deniers publics. Mais, avec la fin de l'Empire, il dut chercher asile à Londres, où il est mort dans l'amertume. Et vous autres, avancez donc doucement avec ce brancard, faites attention en me transférant sur le lit et apportez des oreillers en kapok pour mon dos et mon postérieur car mes escarres et mes articulations me font mal. Si demain je meurs empoisonné, vous me verrez tous ici sur cette télévision que vous ne débranchez jamais. Cette porcherie sera interdite par la sécurité sanitaire et je reviendrai vous tirer par les pieds et vous irez dormir dans la rue.

10

Si ça ne tenait qu'à moi, je ne fêterais aucun anniversaire, mais le grand gaillard a surgi à l'improviste dans l'appartement. Il m'exhibait à sa petite amie au ventre à l'air, c'était des grand-papa par-ci, des grand-papa par-là, et seule ma fille ne trouvait aucun sel à la chose. Bien qu'il s'amusât à mes dépens, je sais que le grand gaillard était fier de mes cent ans, tout le monde tire fierté de parents très âgés. Moi aussi j'aurais aimé connaître mon trisaïeul, j'aurais aimé que mon père m'accompagne un peu plus longtemps, j'aurais surtout aimé que Matilde me survive, et non pas le contraire. J'ignore si le destin existe, si quelqu'un le file, l'enroule, le coupe. Entre les doigts d'une fileuse, le fil de la vie de Matilde eût probablement été d'une fibre plus robuste que le mien, et plus long. Mais très souvent une vie s'arrête au milieu du chemin, non parce que le fil est court, mais parce qu'il est tortueux. Après qu'elle m'a abandonné, je n'arrive même pas à imaginer tous les déboires que Matilde a connus durant son existence. Je sais que la mienne s'est prolongée au-delà de ce qui est supportable, tel un fil qui s'effiloche. Sans Matilde, j'étais une âme en peine, je pleurais tout haut, ressemblant peut-être à ces esclaves affranchis dont il est question. C'était comme si à chaque pas je me déchirais un peu, car ma peau était restée collée à celle de cette femme. Et un jour maman m'a fait venir pour avoir une conversation avec moi, elle paraissait un peu déçue de découvrir quelqu'un de plus malheureux qu'elle. Elle s'est bien gardée de mentionner le nom de Matilde, sachant que la plaie était encore brûlante, et elle m'a offert un billet pour l'Europe. Elle m'a tendu en baissant les yeux le petit carnet d'adresses parisiennes de mon père, disant, j'espère que tu te distrairas, Eulálio. Je ne sais pas si elle m'a appelé Eulálio par un lapsus, car pour elle j'avais toujours été Lalinho, ne serait-ce que pour me distinguer de son mari. J'ai remercié, refusant billet et petit carnet, mais maman prétendait me guérir à toute force et elle a fini par m'obliger à accepter ce voyage, à la façon d'une cuillerée de sirop dans une bouche d'enfant. Car si je ne partais pas, elle-même irait en Europe, elle-même irait parler avec autorité aux agents financiers de mon père, lesquels ne répondaient pas à ses télégrammes. Elle serait l'homme de la famille et moi un écornifleur vivant de mensualités. Cela faisait à peine un mois que la compagnie Le Creusot avait décidé de se passer de mes services, en dépit de la confiance qu'elle avait déposée en moi jusqu'à tout récemment. À tel point qu'elle m'avait expédié un nouveau lot de mortiers et d'appareils modernes de visée, pour remplacer auprès de l'Armée nationale un matériel déjà devenu obsolète qui, en réalité, n'avait même pas encore été vendu. Les choses par ici avançaient un peu plus lentement que prévu. Dédouaner des engins et des explosifs, par exemple, était quelque chose que mon père réussissait à faire au téléphone ou par l'intermédiaire de n'importe quel transitaire. Moi, en revanche, il me fallait me présenter dès potron-minet dans le bureau approprié, coudoyer des gens bizarres, tendre ma carte de visite, obliger le préposé à me prêter attention, écoutez, monsieur, je m'appelle Eulálio d'Assumpção. Je me souviens de la stupéfaction de l'olibrius qui s'était enfin occupé de moi, le sénateur? Son fils, avais-je répondu, et je l'avais vu se diriger en marchant presque de travers vers ses collègues. Et à leurs chuchotements, j'avais compris que le nom de mon père, une notabilité de la République, était devenu un gros mot dans la bouche des gens, Assunção, l'assassin? Assunção, le cocu? Le moment politique aussi était délicat, les ministres étaient vacillants, et Dubosc et moi avions passé maintes heures amères dans des antichambres du gouvernement. Le Français, qui avait estimé à un mois son séjour ici, passa presque un an à se tuer à lancer des projectiles dans l'océan Atlantique pour impressionner des officiers d'un rang peu élevé ou pour calmer ses nerfs. Je ne doute pas que dans ses rapports à la Compagnie il fît des commentaires dommageables pour ma réputation professionnelle. Et si j'étais vindicatif, je profiterais de mon voyage pour apporter un témoignage à la maison mère au sujet des activités nocturnes de Dubosc à Rio, sans oublier ses parties de chasse dans la montagne ou ses excursions dans le Mato Grosso en quête d'Indiens sauvages, aux frais de ses employeurs. Voilà ce que je ruminais sur la dunette du *Lutétia*, pendant que je perdais la ville de vue, lorsque le majordome vint me saluer. J'étais connu sur ce navire à cause d'autres traversées et tout le personnel de bord m'exprima ses condoléances pour le sénateur. Papa y était admiré pour son français irréprochable et ses pourboires généreux, surtout lors des voyages aller, en route vers la civilisation, comme il disait. Et dès le premier soir je fus invité à souper à la table du commandant qui, en présence de l'architecte Le Corbusier et de la chanteuse Joséphine Baker, porta un toast à la mémoire de mon père et évoqua ses conversations galantes. Encouragé, je parlai de sa vigoureuse amie, la Comtesse, qui pratiquait l'haltérophilie vaginale avec une piécette d'un demi-franc, mais le commandant ne comprit pas bien l'histoire et la chanteuse noua une conversation particulière avec l'architecte. Les soirs suivants, je fus placé à la table d'Argentins et je vis s'amenuiser peu à peu mon prestige à bord du *Lutétia*, peut-être parce que l'excellent français de mon père me faisait défaut. Ou parce que mon argent de poche, comme tout ce qui venait de ma mère, était chichement mesuré. À l'aube, je m'asseyais au comptoir du bar et le barman me servait automatiquement une coupe de Krug, le champagne du sénateur. Je laissais la boisson tiédir dans la coupe, je fumais des cigarettes de tabac noir, et il y avait toujours une tablée de Brésiliens exaltés dans cet endroit, en train de parler de bétail, de moulins à sucre, de terres, d'argent. Ce sont des gens du Nord, comme disait mon père, et ces hommes qui riaient aux éclats le dépassaient de loin en matière de pourboires, qu'ils déboursaient avec ostentation. Le bar fermait tôt et j'allais dormir, légèrement nauséeux. Je voilais l'écoutille de ma cabine à la poupe pour ne pas voir cette accumulation d'océan qui m'éloignait de plus en plus de ma femme. Je me demandais si je n'avais pas aussi acquis cet attachement à la terre qui d'après mon père caractérisait les gens du Nord. Et en arrivant à Bordeaux, où personne ne m'attendait, j'avais la conviction de faire ma dernière visite à la civilisation. À Paris, je fus reçu avec stupeur, on me demanda si les nouvelles du monde ne parvenaient pas en Amérique du Sud. L'importation de café était suspendue depuis plus d'un mois dans toute l'Europe, menant à la faillite les grossistes associés à mon père. À Londres, on me parla de catastrophes financières, de millions de livres sterling partis en fumée du jour au lendemain à cause du krach de la Bourse de New York. C'était le cas du patrimoine de la famille Assumpção, malheureusement placé sur le marché nord-américain des actions. On dit qu'un malheur ne vient jamais seul, et il est bon qu'il en soit ainsi, les revers auraient été bien plus douloureux pour moi si je n'avais pas été déjà à terre. Je fus même reconnaissant au monsieur anglais de son discours concis et du dénouement rapide de notre entretien. Je pris un train express pour Southampton et je me sentais regardé partout avec la méfiance que suscite un étranger taciturne. J'aurais préféré être montré du doigt et qu'on rie de moi, comme dans les rues de Rio de Janeiro où le motif de mon tourment était connu. Je pris la mer au dernier moment à bord d'un cargo hollandais, dans lequel je réussis encore à trouver une couchette à la proue. Quant à l'argent, bon gré mal gré, maman serait toujours pour moi une planche de salut. Sa famille était peut-être plus aisée que les Assumpção, rien qu'en pâturages les Montenegro possédaient la moitié de l'État de Minas Gerais. Il est vrai que la descendance était nombreuse, maman avait près de vingt frères, mais une seule ferme de bétail laitier me suffirait pour vivre, quand bien même je deviendrais centenaire. Ma fille en bas âge grandirait entourée de ce qu'il y avait de mieux et ma femme connaîtrait davantage de stabilité matérielle, si un jour elle revenait à la maison.

11

Je pensais que tu ne viendrais plus aujourd'hui, que tu avais congé. L'autre fille n'est pas méchante, mais dans sa hâte elle renverse toujours mes remèdes, sans compter qu'elle ne prend pas note de ce que je dis. Donc, si demain tu pars en vacances, préviens-moi, s'il te plaît. Je sens bien que tu es revêche, j'ai peur que tu ne te lasses de tout et que tu t'en ailles de nouveau pour toujours. Sois tranquille, je ne te demanderai jamais où tu passes tes après-midi, je ne veux même pas savoir si tu vas au cinéma avec ces médecins. Quand je sortirai d'ici, je t'emmènerai avec moi partout, je n'aurai pas honte de toi. Je ne critiquerai pas tes robes, tes manières, ta façon de parler, pas même tes sifflements. Avec le temps, j'ai appris que la jalousie est un sentiment qu'il faut exprimer franchement, à l'instant même où il se manifeste. Car lorsqu'il surgit il est réellement un sentiment courtois, qu'il faut offrir aussitôt à la femme comme une rose. Sinon, l'instant d'après il se referme sur lui-même comme un chou, dans le cœur duquel tout le mal se met à fermenter. La jalousie est alors la forme la plus intériorisée de l'envie et, se mordant elle-même, elle rejette sur les autres la responsabilité de sa laideur. Se sachant méprisable, elle se présente sous des noms d'emprunt et, à titre d'exemple, je citerai ma pauvre grand-mère, qui affublait sa jalousie du nom de rhumatisme. On raconte qu'elle gémissait de douleurs articulaires dans la ferme au pied de la montagne chaque fois que mon grand-père allait rejoindre les négresses. Mais elle se déclarait indifférente à ses passades, disant qu'il avait toujours eu ce vice, qu'encore tout gamin il se glissait parmi les femmes esclaves dans les propriétés de son père, le baron négrier. Ma grand-mère ne s'en tenait pas là, elle jurait que son mari était le père des enfants de Balbino, le serviteur loyal. Elle disait ces choses avec résignation dans l'âme, mais son corps tout entier était tellement perclus de douleurs que mon grand-père avait fait venir des rhumatologues de toute l'Europe. Il ramena enfin de Suisse un maître d'œuvre qui édifia un chalet au bord de la plage lointaine de Copacabana. Et grand-papa la cloîtra là, afin qu'elle adoucît ses souffrances avec des bains thérapeutiques. Quant à moi, je me mariai et m'en fus habiter avec Matilde dans le vieux chalet avec l'intention de passer ma vie entière à ses côtés. Je sortais seulement pour travailler, ce qui au début n'exigeait pas de grands efforts de ma part. Il me suffisait de mettre une des cravates anglaises de mon père et d'aller là où il se rendait, comme le souhaitait maman, jusqu'à ce qu'un jour je trouve ma propre voie. Au Sénat, j'étais toujours bien accueilli, je prenais le café dans divers bureaux, je circulais dans les couloirs, je fumais ici et là, j'étais souvent invité à déjeuner à La Rôtisserie avec des hommes politiques. Sinon, je mangeais seul dans une quelconque gargote, puis je faisais un saut dans les bureaux de la compagnie Le Creusot, j'apportais un chocolat à la secrétaire, je demandais si un câblogramme était arrivé, je m'asseyais sur la chaise laissée vacante par mon père. Les pieds sur la table, je fumais, je regardais le téléphone, j'étais prêt à assumer les fonctions de papa à n'importe quel moment. De temps en temps, j'allais encore à la rédaction de *O Paiz*, je prenais un café, allumais un cigare, faisais un saut à la banque et étais de retour avant quatre heures. Déjà en sortant de la voiture j'étais impatient d'entendre les disques bizarres de Matilde sur le phonographe que je lui avais offert pour son anniversaire. S'il n'y avait pas de musique, je descendais sur la plage afin de la traîner à la maison et, pressentant notre fièvre, la bonne savait qu'il était l'heure d'aller au magasin. Nous nous étreignions dans la cuisine, dans le salon, dans l'escalier, des heures et des heures dans la salle de bains, nous pouvions passer une fin de semaine entière au lit. Parfois nous consacrions le dimanche à une balade en automobile, mais nous nous arrêtions à peine dans la grande demeure de maman, Matilde n'y tenait pas. Elle préférait aller à la ferme car elle adorait monter à cheval et je me sentais troublé en trottant derrière elle, j'éprouvais presque du désir pour le cheval. Et je n'oublie pas notre agitation quand elle ressentit des contractions précoces en pleine chevauchée, alors que nous étions dans un trou perdu. Heureusement, nous sommes rentrés à la maison à temps pour appeler l'obstétricien et les infirmières, de sorte que Maria Eulália est née en bonne santé, un peu menue car elle était venue au monde à sept mois. Je me souviens aussi que Matilde, sans rien dire, avait été fâchée contre ma mère car celle-ci n'avait offert à l'enfant nouveau-née que des petits vêtements bleus de garçon. En guise d'excuses, maman m'avait dit qu'elle les avait fait broder très longtemps d'avance, car les Assumpção ne faisaient que des garçons. Et elle avait déclaré que les Assumpção n'avaient jamais qu'un seul enfant, c'est une malédiction familiale, avant moi elle-même avait perdu cinq enfants et cinq fois avait failli mourir d'éclampsie. Mais Matilde avait toujours joui d'une santé éclatante et une semaine plus tard elle était déjà en maillot de bain sur la plage, avec un corps plus beau qu'avant. Dépitée, elle n'emmena jamais la petite voir sa grand-mère, elle attendait que celle-ci vienne et, les rares fois où elle vint, Matilde lui montrait Eulalinha nue. Matilde ne mettait pas non plus les robes à manches longues que maman lui avait données, ce qui était injuste pour les robes. Je lui suggérai même une robe grise à col montant, quand nous sortîmes pour danser, car la nuit était fraîche. Mais elle s'obstina à porter la robe orange avec des bretelles. Et quand je lui ouvris la portière pour qu'elle entre dans la voiture, je regardai ses épaules nues et je pensai que je ne l'avais jamais vue aussi belle. J'aperçus aussi un bout de ses cuisses hâlées lorsque le portier de l'Assirius lui ouvrit la portière pour qu'elle descende de voiture. Dubosc nous attendait à l'entrée du salon et il s'inclina très bas pour lui baiser la main, Jean-Jacques, enchanté. Notre table se trouvait près de l'orchestre et de sa voix de trombone il commanda au garçon des *batidas de limão*. C'étaient les seuls mots qu'il connaissait en portugais, *batida de limão*, et je lui demandai de les répéter car Matilde avait trouvé son accent amusant. Dubosc se mit à vanter notre faune, notre flore et nos cascades, mais je ne sais pas si Matilde comprenait. Bien qu'elle le regardât d'un air fort appliqué, assise au bord de sa chaise, je m'aperçus qu'elle dansait le fox-trot en tortillant le bas de son corps. Et elle tambourinait sur la table au rythme du charleston pendant que je lui décrivais les falaises d'ocre à Roussillon, terre natale de l'ami Dubosc. Sur ces entrefaites, l'orchestre attaqua le thème que j'avais si souvent entendu de loin sur le tourne-disque de Matilde. Le maxixe! s'exclama le Français, le rythme des nègres est magnifique! Et il nous demanda de danser pour se faire une idée. Mais je ne savais danser que la valse et je répondis qu'il m'honorerait en invitant ma femme. Tous deux s'enlacèrent au milieu du salon et restèrent ainsi, se faisant face. Il lui fit faire soudain une demi-volte, puis il recula le pied gauche, pendant qu'avec le droit Matilde faisait un long pas en avant, et tous deux s'immobilisèrent de nouveau un instant, pendant qu'elle restait arquée au-dessus de son corps à lui. C'était une chorégraphie précise et je fus ébahi que ma femme connaisse ces pas. Le couple s'entendait à merveille, mais je distinguai bientôt ce qui chez lui avait été enseigné et qui chez elle était naturel. Le Français, de haute taille, était un pantin en bois jouant avec une poupée de chiffon. Peut-être à cause du contraste brillait-elle parmi les dizaines de danseurs et je remarquai que tout le cabaret s'extasiait sur son exhibition. Toutefois, à bien y regarder, il s'agissait de personnes vêtues, ornées, fardées sans élégance et peu à peu j'eus l'impression que chez Matilde aussi, dans ses mouvements d'épaules et de hanches, il y avait quelque chose d'excessif. L'orchestre ne faisait pas de pause, la musique était répétitive, la danse se révélait être vulgaire et pour la première fois je trouvai un peu vulgaire la femme que j'avais épousée. Au bout d'une demi-heure ils revinrent en s'éventant, de la sueur coulait le long du cou de Matilde dans son décolleté. Bravo, criai-je, bravo, et je les incitai encore à danser le prochain tango, mais Dubosc déclara qu'il était tard et que j'avais l'air fatigué. C'était lui qui était fatigué et il me demanda de le raccompagner à son hôtel, lequel se trouvait à deux pâtés de maisons de là, et il se retira sans vraiment prendre congé, sans même baiser la main de Matilde. Il avait peut-être conclu, au fil de la soirée, que Matilde était bonne pour danser le maxixe, mais pas pour qu'on lui baise la main. Et sur le chemin du retour Matilde se mit à siffloter, elle sifflotait la mélodie de ce fameux maxixe. Cela paraissait mal élevé, un jour elle avait sifflloté à un dîner chez ma mère, qui s'était levée de table. Mais maintenant elle s'était sans doute aperçue qu'elle m'exaspérait au plus haut point, car elle s'interrompit pour me demander ce que j'avais. Rien, des aigreurs, répondis-je, et ce n'était pas un mensonge, mon estomac ne supportait pas la *cachaça*, qu'il était devenu à la mode de servir même dans des endroits raffinés. Elle descendit de voiture avant que je ne lui ouvre la portière et, dès que nous entrâmes dans la maison, elle se dirigea vers la cuisine, elle avait la manie d'aller là. Elle y emmenait souvent la petite, elle bavardait avec les domestiques et avait l'habitude de déjeuner là avec la nounou. Je me sentis alors saisi d'un sentiment obscur, entre la honte et la colère d'aimer une femme qui passait sa vie à l'office. Je suivais Matilde, qui parlait toute seule, qui chantonnait presque pour demander sa tisane de boldo, et soudain je ne sais ce qui me prit, je l'agrippai avec violence par les épaules. Je la jetai contre le mur et elle ne comprit pas, elle se mit à émettre des gémissements nasillards, le visage écrasé contre les briques. Je lui immobilisai les poignets contre le mur, elle se débattait, mais je la maîtrisais avec mes genoux derrière les siens. Et avec mon torse j'aplatissais vraiment Matilde contre le mur, l'y collant avec vigueur, l'écrasant presque, jusqu'au moment où elle dit, je vais jouir, Eulálio, et elle tremblait de tout son corps, contraignant le mien à trembler lui aussi.

12

Ce fut la dernière nuit que je dormis là et que, rêvant d'elle, je souillai les draps. Comme chaque matin, j'arracherai les draps du lit et j'en ferai un baluchon que je jetterai par la fenêtre à l'arrière de la maison pour que la laveuse le ramasse. Mais une tache humide restera visible sur le matelas que je m'efforcerai de retourner, comme je le fais tous les matins, laissant apparaître la face parsemée de taches sèches. J'aurai la sensation que le matelas pèse chaque jour un peu plus lourd et j'imaginerai que la pâte de mes rêves et de mes actes solitaires imprègne la paille à l'intérieur. Et je penserai que si j'avais retourné le corps de mon père dans la garçonnière il aurait pesé le même poids que le matelas et aurait exhalé la même odeur. Je me souviendrai toujours de mon père à plat ventre sur le tapis ensanglanté et de la manière dont le commissaire de police m'avait empêché de toucher le corps. Il n'avait pas besoin de crier contre moi, ni de me serrer le bras, je voulais juste ne pas laisser mon père dans cette position, bouche ouverte à même le tapis. Et je voulais savoir par où étaient entrées tant de balles, car il semblait que tout son sang était sorti par la bouche, ce grand ulcère. Mais vous m'interrompez toujours avec cette histoire de docteur Assumpção, je vous ai déjà dit que je ne suis pas docteur. Je n'ai jamais été médecin, comme vous le savez très bien, madame, je suis un patient de votre établissement. Je vous ai également dit que le *p* d'Assumpção est muet. Si vous le prononcez, ça crée une impression de persiflage, vous semblez insinuer que je viens d'une famille de gens prétentieux. Et puisque vous avez déjà du papier et un stylo à la main, ça ne vous coûterait rien d'écrire sous ma dictée une note de service pour avancer le travail de votre employée. La pauvrette gagne une misère dans ses gardes de nuit, elle s'occupe de tout le monde en même temps et elle doit encore écrire mes mémoires. Quand vous m'avez tiré du sommeil, je venais par une coïncidence de me réveiller dans la grande demeure de Botafogo et je parie que ma mère avait donné l'ordre de brûler le matelas précisément ce jour-là. Dans le chalet de Copacabana, le lit était pour un couple, sinon elle l'aurait envoyé aussi lors du déménagement. Maman avait réutilisé tout ce qu'elle avait pu pour équiper la maison et elle avait acheté plusieurs meubles de seconde main car elle avait eu beaucoup de dépenses avec une rénovation menée tambour battant. L'annonce de mon mariage l'avait prise au dépourvu et elle en était venue à me refuser sa bénédiction tant que je n'aurais pas eu mon diplôme ou déniché un emploi. La faculté de droit était hors de question, j'y mettais à peine les pieds, mais j'obtins un emploi d'emblée. Le père de Matilde me reçut le plus cordialement du monde, il m'assura que le fils du sénateur Eulálio d'Assumpção aurait une place garantie dans son cabinet, il me proposa même de hâter mon affiliation au parti. Très fier, je fis part de mon succès à ma mère, laquelle eut une réaction immodérée, elle me demanda si j'avais déjà oublié l'assassinat de mon père. J'en restai coi un instant, incapable d'imaginer mon futur beau-père revolver au poing, et encore moins sa grosse femme comme pivot d'un crime passionnel. Mais ma mère se référait à nos adversaires politiques qui, pour elle, continuaient à être les instigateurs du crime. Je n'étais pas très au courant de la situation politique, j'ignorais que le père de Matilde, dont la carrière avait prospéré à l'ombre de mon père, s'était rallié avec empressement à l'opposition. Et consciente du fait qu'elle ne pouvait affronter Matilde, maman m'offrit une mensualité de trois mille *reis*, plus le financement des travaux dans le chalet, à condition que je renonce à la proposition de ce traître. Je finis par obtenir quatre mille *réis*, plus la vieille Ford en prime, après lui avoir fait valoir que l'assesseur d'un député fédéral ne gagnait pas moins que cette somme. J'allai voir mon futur beau-père, je le remerciai de son offre, mais j'alléguai que mes racines dans le camp conservateur ne me permettaient pas de servir un parlementaire libéral.

Il répondit qu'il respectait mes convictions, mais qu'il ne pourrait pas non plus confier la main de sa fille quasiment impubère à un citoyen sans parole. Alors Matilde eut recours à un argument décisif, elle déclara à ses parents qu'elle était enceinte. Ce n'était pas vrai, Matilde n'avait jamais renoncé à l'idée de se marier vierge. Mais pour un député fédéral, si libéral fût-il, avoir une fille qui serait une mère célibataire était inconvenant. Le député céda alors à sa fille et ses électeurs ne surent jamais qu'il la déshérita dans la foulée. Comme d'ailleurs personne ne fut au courant du mariage, la cérémonie dans la grande demeure se déroula de façon discrète, nous n'imprimâmes pas d'invitations, les bans furent publiés dans un de ces journaux que les gens respectables ne lisaient pas. À la demande de ma mère, le curé de l'église de la Candelária vint de sa paroisse et j'eus l'impression qu'il rougissait en me voyant debout devant lui. Il prononça son homélie en gardant la tête baissée et avait l'air plus affligé que lors des obsèques de mon père, peut-être la robe sans façon, imprimée de fleurs rouges, que portait Matilde, l'avait-il mortifié. Les témoins de mon côté furent maman et Auguste, le chauffeur que mon père avait importé de France avec sa première Peugeot, encore avant la guerre. Du côté de Matilde, on improvisa l'oncle Badeco, un frère de maman qui se trouvait être de passage à Rio de Janeiro. Et le quatrième témoin serait la femme qui lavait le linge, remplacée à la dernière minute par la mère de Matilde, apparue à l'improviste, alors que l'office était déjà bien avancé. Elle portait le même chapeau qu'à la messe pour mon père, avec un voile sombre qui lui couvrait le visage, et elle fut la seule à communier, avec maman. À partir de ce jour-là toutes deux se lièrent d'amitié et les thés à la brioche dans la grande demeure avec échange de lamentations se répétèrent. Et un jour la grosse mère de Matilde laissa échapper que celle-ci n'était pas sa fille, mais le fruit d'une aventure du député dans la région de Bahia. Maman s'empressa de me convoquer dans la grande demeure et me fit cette révélation dans la bibliothèque de mon père où les sujets graves étaient traités. Il en a certainement d'autres, déclara-t-elle, ce traître a sûrement d'autres familles là-bas. Et d'ajouter, après un soupir, ah, ces gens du Nord. Je pense pour ma part que tout ça n'était qu'un tissu d'inventions, la mère de Matilde cherchait à s'affranchir de sa culpabilité pour n'avoir pas su la défendre contre la répudiation paternelle. Je ne poussai pas cette histoire plus loin et Matilde en aurait ri à coup sûr. Tout comme aujourd'hui je m'amuse de ma révolte puérile, quand le bruit avait couru au collège que j'étais un enfant adoptif. C'était une plaisanterie banale, tous les enfants en font les frais ct même maman avait ri un peu en entendant mon récit. Mais elle avait dû remarquer que cette blague m'avait touché car par la suite, dans un moment de colère, elle me l'avait resservie pour me punir. À l'époque, mon père présidait la commission des affaires agricoles du Sénat et il y avait eu une révolte de *caboclos* fanatiques dans

le Sud. Et tous les soirs une assistante téléphonait pour dire que maman ne l'attende pas, car
le sénateur serait retenu jusqu'au matin en
assemblée permanente, ou en conférence à l'état-
major de l'Armée, ou à huis clos avec le président Venceslau. Maman avait sûrement déjà
l'habitude, mon père dormait souvent à l'extérieur, il suffisait que le pays soit en crise. Mais ça
la rendait invariablement nerveuse, elle allait et
venait avec fébrilité dans la maison, montait et
descendait sans nécessité l'escalier, et j'en profi-
tais pour l'énerver encore davantage. J'envoyais
des coups de pied aux bonnes, je faisais semblant
de m'évanouir, ce jour-là je mis les coudes sur la
table et décidai de manger la bouche ouverte.
Après m'avoir tancé deux fois, trois fois, maman
m'envoya finir mon déjeuner à la cuisine. Alors
je l'affrontai, bouche ouverte pour exhiber la
mixture de riz, haricots, viande et pommes de
terre qu'elle contenait, je crois que mon intention était vraiment de recevoir quelques bonnes
taloches sur la figure. Comme aussi, de temps à
autre, je pense que je ressentais le besoin de
baisser mon pantalon pour que mon père me
frappe avec sa ceinture. Ensuite, j'aimais grimper
sur le banc dans la salle de bains en sanglotant
pour regarder dans la glace au-dessus du lavabo
les marques laissées par la boucle sur mes fesses.
Et quand maman se leva du haut bout de la table
pour se diriger vers moi, je devançai le coup et
me mis à pleurer et à pisser dans ma culotte. Elle
leva sa main ouverte, mais au dernier instant elle
changea d'idée. Elle me regarda de très près et

déclara que chez les Montenegro du Minas Gerais personne n'avait de lèvres épaisses comme les miennes. Au repas, je crachai dans mon assiette mais cette insulte me resta en travers du gosier toutes ces années. Et maintenant, je lui demandai en passant, en sortant de la bibliothèque, pourquoi elle ne m'avait jamais dit que l'oncle Badeco Montenegro avait des cheveux crépus.

13

Eulálio Montenegro d'Assumpção, 16 juin 1907, veuf. Père, Eulálio Ribas d'Assumpção, comme la rue derrière la station de métro. Bien que deux années durant il fût une place arborée dans le centre-ville, ensuite les libéraux prirent le pouvoir et troquèrent son nom pour celui d'un chef militaire dans le Rio Grande do Sul. Vous avez sûrement lu qu'en 1930 les habitants de cet État envahirent la capitale, attachèrent leurs chevaux à l'obélisque et flanquèrent nos traditions à la poubelle. Quelque temps plus tard, un maire éclairé réhabilita mon père, donnant son nom à un tunnel. Mais les militaires vinrent et destituèrent papa pour la seconde fois, ils rebaptisèrent le tunnel du nom d'un lieutenant unijambiste. Enfin, avec l'avènement de la démocratie, un conseiller municipal écologiste attribua ce cul-de-sac à mon père, je me demande bien pourquoi. Mon grand-père aussi est une ruelle latérale, du côté des docks. Et du côté maternel, Rio de Janeiro ressemble à un arbre généalogique, si vous avez des doutes, envoyez un gamin des rues acheter un plan de la ville. Voilà mes données personnelles, au cas où vous souhaiteriez mettre votre fichier à jour. Le reste, ce sont des bagatelles dont je ne m'occupe pas, d'ailleurs je n'ai pas demandé à être ici, c'est ma fille qui m'a interné dans cet endroit. La sécurité sociale n'est pas de mon ressort et si les paiements ne sont pas versés, adressez-vous, s'il vous plaît, à dona Maria Eulália. Pour ce qui est de la comptabilité, c'est mon arrière-arrière-petit-fils, Eulálio d'Assumpção Palumba Neto, qui règle mes dépenses. Et si vous insistez pour savoir d'où proviennent ses revenus, je vous affirme que je n'en ai pas la moindre idée. Je suis très reconnaissant à ce grand gaillard, mais pour gagner des millions sans la moindre instruction il doit être un artiste de cinéma ou quelque chose d'encore pire, vous pouvez écrire ça. Mais vous n'écrivez rien, vous secouez la tête et vous me regardez comme si je débitais des absurdités. Les gens ne se donnent pas la peine d'écouter un vieil homme et voilà pourquoi il y a tant de vieillards taciturnes, avec un regard égaré, dans une espèce de pays étranger. C'est ma fille qui débite des absurdités, elle a quatre-vingts ans et pourtant. Le grand gaillard voyage je ne sais où, il se balade avec des valises bourrées de fric et elle dit, celui-là, assurément, est un Assumpção légitime. Mais l'argent des Assumpção a toujours été propre, c'était le pognon de ceux qui n'en ont pas besoin. Sachez qu'en obtenant du président Campos Sales la concession du port de Manaus, mon père était un jeune politicien à la réputation irréprochable, sa fortune familiale était ancienne.

Je ne sais pas si je vous ai déjà raconté que mon bisaïeul fut fait baron par dom Pedro Ier, il payait un lourd tribut à la Couronne pour le commerce de la main-d'œuvre du Mozambique. Si aujourd'hui je subis des privations, bientôt je vivrai largement, ce sont là les contingences des personnes habituées à jongler avec de grosses sommes. Hier encore j'ai parlé à mes avocats et l'indemnisation pour l'expropriation de ma propriété au pied de la montagne est enfin sur le point d'être versée. Un gouvernement prend le pouvoir, un autre en est chassé, ce sont soixante ans de procès contre l'Union pour toucher une indemnisation dérisoire qui a été fixée à vue de nez. C'est mon gendre qui a attiré mon attention sur la spoliation, il désirait voir l'ancienne propriété où Maria Eulália a failli ne jamais venir au monde. J'avoue que pour moi ce fut un peu mélancolique de revoir les ruines de la maison de maître, la chapelle transformée en squelette, l'étable carbonisée, la pelouse desséchée et la terre stérile de la ferme de mon enfance. Cette région rurale avait été occupée par des industries et plusieurs favelas infestaient déjà les environs. Mais Amerigo Palumba, qui n'avait pas connu la ferme dans sa splendeur, en arrivant sur la berge du ruisseau avait dit, *cazzo*, mais c'est le paradis. À cette heure-là, effectivement, la rivière était spectaculaire, avec un soleil rasant sur ses eaux vertes et denses qui prirent aussitôt une teinte moutarde. Et une bouffée de vent, provenant peut-être du côté de la fabrique de cellulose, nous apporta une odeur sulfureuse qui provoqua des nausées chez ma fille enceinte. Mais si la ferme avait perdu de sa valeur pour les cultures et pour les loisirs, ses deux cents *alqueires* seraient cruciaux pour le tracé de la route. Cela, l'expertise n'en avait nullement tenu compte, me fut-il dit dans le somptueux cabinet de l'avocat engagé par Palumba. Avant de trahir ma confiance, mon gendre faisait montre d'un flair commercial qui, je dois le reconnaître, n'a jamais été mon fort. Nous avons eu plusieurs entretiens dans mon chalet à Copacabana, où il me rendait visite le soir, apportant une bouteille de whisky dans un étui satiné. Il prétendait représenter des groupes financiers internationaux, responsables d'investissements considérables dans des fonds destinés à la reconstruction de l'Europe. Il comptait parmi ses clients des amis de la noblesse italienne qui, pour avoir de l'argent liquide, n'hésitaient pas à vendre leurs châteaux à des millionnaires américains excentriques. Il était évident de voir où Palumba voulait en venir et, quand il s'arrêtait pour observer le chalet, il y détectait des traces de termites dans le bois, il posait des questions sur la superficie du terrain. Et à côté de lui Maria Eulália n'avait pas honte de dédaigner la maison où elle était née et avait été élevée, cette architecture suisse ridicule dans un pays tropical. Le couple me suggérait de vendre le chalet à une entreprise de construction et de m'établir avec ma mère dans la grande demeure néoclassique de Botafogo. Ne serait-ce que parce que je pourrais la réconforter par ma présence, même si elle ne me reconnaissait déjà plus. Le dérangement de maman avait commencé bien des années plus tôt par une sorte de dysphasie, elle parlait clairement et sans difficulté, mais en intervertissant tous les mots. Et, se rendant compte que personne ne la comprenait, elle se fâcha et se mit à parler français et n'en démordit plus. En français aussi elle intervertissait les mots, or non seulement son chauffeur Auguste la comprenait-il, mais encore il lui répondait en embrouillant encore davantage les mots. Elle l'appelait Eulalie, et lui, dans un état de sclérose avancé, lui obéissait en usurpant le nom de son ancien patron. Et il s'asseyait au salon avec elle, lui donnait le bras dans le jardin, se permettait de l'appeler simplement par son prénom, lui aussi francisé en Marie Violette. Quand Auguste mourut dans son lit à elle, vêtu d'un pyjama avec le monogramme de mon père, maman devint de nouveau veuve, dans un deuil plus profond que la première fois. Désormais elle ne parlait plus aucune langue, elle ne se déplaçait plus, elle ne pleurait même plus, ça m'attendrissait de l'aider ainsi, dans cet état de tristesse enfin cristallisée. Pendant ce temps-là, ma fille débordait d'enthousiasme, avec son ventre saillant et ses projets mirobolants, elle m'incitait à placer l'avenir de la famille dans le portefeuille d'investissements d'Amerigo Palumba. Mais comme j'étais incapable de me défaire de la maison de Matilde, je commençai à envisager l'hypothèse de sacrifier la grande demeure de Botafogo, qui entraînait de grosses dépenses, avec sa douzaine de domestiques. Pour maintenir son train de vie, maman n'avait guère plus que la pension à vie de mon père, car du partage de l'héritage des Montenegro il lui était revenu quelques bons du Trésor, d'une valeur infime. J'inspirai profondément et, avec un déchirement dans la poitrine, j'autorisai les Palumba à vendre la grande demeure. Je m'occupai personnellement du transfert de maman, je l'accompagnai à l'arrière de l'ambulance, sans quitter des yeux son regard terne. Elle fut installée avec son infirmière dans une pièce latérale du chalet où le vent du sud-ouest ne la dérangerait pas. Dès le lendemain, cependant, sans le moindre sursaut, elle cessa simplement de respirer. Et cela, bien que le médecin eût mesuré sa tension, stable, de petite fille, avant et après le transfert. Pour lui, maman avait encore de nombreuses années de vie devant elle, même si c'était une vie végétative. Mais pour le jardinier de la grande demeure, maman était comme une fleur qui, en changeant de pot, parfois se fane.

14

Si je ne suis pas en mesure de t'accompagner, je te ferai un chèque afin que tu puisses t'acheter une jolie robe dès que l'argent arrivera sur mon compte. Ne sois pas intimidée car dans les boutiques à Ipanema n'importe quelle vendeuse te conseillera aussi bien que moi. Tu vas rire, mais de mon temps les boutiques n'existaient même pas, avec mon argent tu aurais acheté un coupon d'étoffe pour que la couturière copie le croquis d'un journal de mode français. Les dames plus fortunées faisaient comme maman qui, tous les ans, accompagnait mon père en Europe et en rapportait une garde-robe pour les quatre saisons. Cela, lorsqu'elle était une jeune femme, car après la trentaine elle renonça à voyager avec lui, elle se contentait de lui transmettre ses commandes. Mais ceux qui, en cas d'urgence, avaient besoin d'un modèle exclusif, pouvaient recourir à plusieurs dames françaises qui négociaient à domicile des patrons fraîchement importés d'ateliers de haute couture. Papa était client de ces dames et quelques jours avant sa mort j'étais allé avec lui à une de ces adresses. J'y suis retourné récemment, après un peu plus d'une année, dans l'espoir de trouver une robe qui fasse justice aux formes de Matilde sans offenser ma mère. La dame m'indiqua un tailleur en soie couleur sable, sobre, mais au ras des genoux, comme à Paris pour les jeunes filles bien nées de dix-sept ans. Et quoique touchée par ce cadeau inopiné, Matilde montra quelque réticence à sortir avec moi. Elle n'accepta même pas d'emmener Eulalinha dans son moïse, car outre qu'elle souffrait d'une légère poussée de fièvre, la petite avait peur des vieilles personnes. J'aurais dû le prévoir, Matilde était toujours prête à aller volontiers n'importe où, sauf chez ma mère. Il y avait à peine une semaine, elle éprouvait un désir frénétique de m'accompagner au cabaret et maintenant je ne savais quoi dire à Dubosc. Le fait d'arriver seul au dîner semblerait un affront au Français, dont dépendait en partie mon succès professionnel. Matilde se plia enfin à cet argument, d'ailleurs elle pouvait confier comme toujours notre fille à la nounou, une fillette noire qui était presque de la famille. Je l'avais pratiquement vue naître, car elle était la sœur cadette de mon complice Balbino, là-bas au pied de la montagne. Balbino lui-même est venu l'autre jour au chalet pour faire la connaissance d'Eulalinha et il en a profité pour nous apporter de la ferme un panier rempli de mangues. Moi, il me dérangeait un peu car il était toujours en train de rire pour un rien et se baladait avec un pantalon violacé comme je n'avais jamais vu aucun homme en porter. Mais il s'était acquis les bonnes grâces de Matilde depuis le jour où il lui avait sellé le meilleur cheval de la ferme. Elle avait été charmée par l'alezan et était impatiente de se remettre à monter à cheval, dès que ses seins seraient moins lourds. Le lait de Matilde était exubérant, il y a tout juste un instant elle a rempli deux biberons avant de donner le sein à l'enfant. J'aimais la regarder allaiter, et quand elle changeait le bébé de sein, elle me laissait parfois sucer une petite gorgée au mamelon libre. À cause de tout ça, nous sommes partis avec un léger retard, laissant par précaution les biberons avec Balbina, car un dîner chez ma mère ne durerait pas au-delà de onze heures. Du temps de mon père, en revanche, les banquets dans la grande demeure étaient célèbres pour durer jusqu'à l'aube, ils réunissaient des hommes politiques de toutes les tendances et les femmes les plus éblouissantes de la ville. Des torches brûlaient dans le jardin, la maison sentait la lavande, même les statues avaient été lavées et moi, enfant, j'aimais à circuler dans les salons silencieux et solennels, quelques minutes avant le début de la fête. J'aimais à être le maître de ces espaces encore immaculés, seul, glissant avec mon ombre sur le marbre, devant les serveurs au garde-à-vous comme des sentinelles. Mais ce dîner-ci serait intime, sans serveurs ni torches, car maman portait encore le deuil et c'était vraiment à contrecœur qu'elle avait accepté d'ouvrir la demeure à un simple ingénieur.

Comme j'imagine combien il en avait coûté à son amour-propre d'écrire lettre sur lettre à la Compagnie, jusqu'à obtenir pour son fils l'ancien poste de son mari. Dès que le gardien ouvrit le portail, je fus surpris par l'abondance des lumières à toutes les fenêtres, comme dans une maison contenant de nombreux enfants. Avec le jardin dans l'obscurité, la grande maison semblait flotter dans la nuit, presque plus imposante que du temps de papa. Peut-être maman voulait-elle indiquer clairement aux Français qu'en fin de compte la demeure des Assumpção ne leur était redevable d'aucune faveur. Elle était au piano, dont elle jouait depuis son veuvage sans produire de son, se contentant d'effleurer les touches, pour honorer mon père et ne pas oublier Chopin. Elle se dirigea avec Matilde et moi vers le canapé Louis-XV, là même dans le salon de musique où le majordome nous servit du champagne et son rafraîchissement à elle. Assis entre elles deux, je me sentais légèrement courbatu, le canapé Louis-XV n'était pas confortable. Nous sommes restés un moment sans savoir de quoi parler, au son du pendule de la grande horloge, en attendant que Dubosc arrive de son cocktail habituel à l'ambassade de France. Maman aimait le silence et pour le mettre en valeur elle ne tarda pas à retourner au piano où elle reprit sa valse muette. Mais quand l'horloge sonna dix heures, elle referma le couvercle avec fracas, elle convoqua le majordome à l'aide d'une clochette et fit servir le dîner. Matilde se leva d'un bond, comme à son habitude, et se planta devant moi pour être admirée dans le vêtement couleur sable sur sa peau marquée par le soleil. Il se peut que je l'aie alors déshabillée du regard, comme on disait, pourtant en cet instant même ma mémoire me joue un tour. Je dévêts Matilde des yeux, mais au lieu de la voir nue, je vois le vêtement sans son corps à elle. Je me vois flairer la robe, la lisser à l'extérieur et à l'intérieur, et l'agiter pour voir comment tombe la soie, je vais l'emporter. En échange de six cent mille *réis*, je reçois le paquet de mains vieilles, parsemées de taches, et je pense que c'est là où je voulais en venir. J'ai évoqué les mains tavelées de la femme à qui j'ai vu mon père acheter une robe bleu ciel à jupe très ample, la semaine même où il fut assassiné. Sur le moment, je prêtai moins d'attention à la robe qu'à la manière dont mon père s'en était saisi, l'avait humée, longuement caressée, agitée en l'air et fait empaqueter car c'était pour offrir. Je ne pouvais supposer que le soir suivant cette robe serait présente à la dernière fête d'apparat dans la grande demeure. Je ne la distinguais même pas parmi tant d'autres modèles bleus, lorsqu'elle me passa sous le nez sur le corps d'une femme entrant au bras de son mari dans le salon de musique. Par hasard je remarquai la femme, ses épaules piquetées de taches de rousseur et ses cheveux châtains, bien plus grande que son mari. Le couple allait à la rencontre de mon père qui buvait un drink, appuyé contre le piano où un pianiste aveugle jouait un ragtime. Je vis mon père baiser la main de la femme et

serrer celle du mari qui se tourna immédiatement vers un serveur. Et je ne compris pas
pourquoi au même instant la femme passa les
mains sur son propre corps et sourit à mon père
qui la regarda d'un air très grave et détourna
aussitôt les yeux. Ce n'est qu'aujourd'hui,
quatre-vingts ans plus tard, comme une son-
nette d'alarme dans ma mémoire, comme si le
bleu ciel était la couleur d'une tragédie, que je
reconnais sur cette femme la robe à jupe très
ample que père avait achetée la veille. C'est la
même, il n'y a aucun doute, je pourrais l'identi-
fier même à l'envers, mon père l'avait lissée à
l'extérieur et à l'intérieur, recto et verso, comme
la femme la lisse à présent de haut en bas. Et
lorsque le mari la regarde du coin de l'œil, en
train de sourire à mon père, qui la regarde, elle
regarde son mari, lequel regarde mon père, qui
regarde le pianiste aveugle, et elle rajuste ses
cheveux. C'est assurément une scène cruciale,
mais je négligeai d'y prêter attention ce soir-là,
ne serait-ce que parce que papa n'était pas porté
sur les femmes aux cheveux châtains. Je quittai
le salon, j'allai grignoter quelque chose au buffet,
et en cet instant ma tête me lâche, où donc en
étais-je? Je crois que je me suis perdu, donnez-
moi la main. Ah oui, j'en étais au dîner de ma
mère et le majordome m'appelait avec des gestes
anxieux. À l'office, je remarquai une dizaine de
bouteilles de bordeaux ouvertes, sentant le moisi
et les fruits pourris, et j'en déduisis que les vins
rouges de papa, intacts dans la cave, n'avaient
pas survécu à l'été de Rio de Janeiro. J'envoyai

chercher des bières dans le Frigidaire, car bien que ne buvant jamais d'alcool, ma mère n'aurait pas supporté de voir du vin blanc sur une table avec de la viande rouge. Maman, Matilde et moi avions déjà savouré les hors-d'œuvre, la salade, la galantine et nous en étions au gigot d'agneau lorsque Dubosc arriva. Il apportait deux roses défraîchies, blanche pour ma mère et rouge pour Matilde, en plus d'une assiette en carton pleine de friands que maman ordonna au majordome de donner aux domestiques. Désolé de son retard, il se servit du gigot et se mit aussitôt à parler d'Indiens *xavantes* avec qui ses amis français avaient l'intention de prendre contact. Matilde émit un sifflement bref et demanda si ces Indiens *xavantes* n'étaient pas des chasseurs de têtes comme ceux qu'elle avait vus au cinéma Pathé. Elle parlait dans son français d'écolière, articulant les mots comme si elle faisait une dictée, ce qui amusa Dubosc. Il dit qu'au service de la Compagnie il avait vu toutes sortes de choses, il évoqua les typhons en Polynésie et le paludisme qu'il avait contracté à Madagascar. Il s'enquit de la provenance du magnifique agneau et, sans attendre la réponse, décela une touche africaine dans les condiments, comme d'ailleurs dans tout ici au Brésil. Alors ma mère rétorqua, dans un français énergique, que la sauce était à base d'herbes de Provence, cultivées dans notre potager par Auguste, le chauffeur français. Et en apprenant qu'un compatriote, les soirs d'agneau, se métamorphosait en chef de cuisine gastronomique, Dubosc

84

n'hésita pas à quitter la table pour aller le complimenter. Sa voix retentissait dans la cuisine, ses éclats de rire se fondirent dans le fracas d'un coup de tonnerre. Des éclairs explosèrent, les lumières dans la maison se mirent à vaciller et maman remuait les lèvres comme si elle priait intérieurement. La foudre tomba dans le voisinage et comme d'ordinaire, les jours d'orage, la lumière s'éteignit. La maison fut plongée dans le silence, à l'exception de la pendule dans le salon et de la voix de ma mère, enfin audible. Comme un Espagnol, disait maman, cet individu parle le français comme un Espagnol, elle n'avait pas approuvé l'accent de l'ingénieur. Le majordome arriva avec un candélabre à huit bougies, maman se leva, je pris le candélabre et je lui donnai le bras, mais elle refusa mon appui et sortit en me précédant. J'éclairai son chemin dans les salons, son ombre se fracturait sur les marches de l'escalier, je la suivis dans les corridors et l'installai dans sa chambre. En refermant sa porte, je me retrouvai sans candélabre et j'attendis qu'un éclair me permette de m'orienter. J'atteignis l'escalier en tâtonnant le long des murs, et la lumière d'une chandelle venait du vestibule ainsi qu'un battement insistant. Avec un frisson je pensai à mon père, à la percussion de la spatule sur l'étui en ébène, mais c'était le majordome qui faisait claquer le crochet du support mural du téléphone. La ligne est muette, dit-il, et je pris son chandelier, qui tremblait un peu dans ma main. La flamme s'éteignit près de la porte d'entrée que le vent avait dû ouvrir.

J'arrivai à l'aveuglette jusqu'à la salle à manger et je murmurai, Matilde, Matilde, je ne sais pourquoi je parlais aussi bas. On chuchotait aussi à l'office, où les domestiques mangeaient des friands avec du vin gâté à la lumière de bougies plantées dans des goulots. Des rires étouffés provenaient de la cuisine et je crus entendre Matilde chuchoter en français, chas-seurs de tê-tes. Je l'aperçus assise là par terre avec le vieil Auguste, en train de partager un plateau de pâtisseries au pied du fourneau rempli de braises de bois. Je regardai tout autour et, sans que je lui demande quoi que ce soit, Matilde dit qu'il venait de partir avec ses amis français. Alors l'électricité revint et j'entendis un long oh, comme à l'interruption d'un bon film ou d'un rêve collectif.

15

Je ne vais pas mentir, j'ai eu d'autres femmes après elle, j'ai amené des femmes à la maison. Et quand la nounou Balbina entendait notre raffut, elle partait avec toi sur la plage, même quand le soir était tombé, quelquefois sous la pluie. J'avais bien tenté de chercher de la compagnie ailleurs, j'en étais même venu à visiter des maisons closes, sans m'enthousiasmer. Des filles que je connaissais de la garçonnière m'avaient aussi reçu chez elles et j'échouais continuellement. Pourtant mon désir pour ta mère était toujours aussi vif, son souvenir m'assaillait au lit, dans la salle de bains, dans l'escalier, j'évitais même la cuisine. Alors j'ai essayé d'attirer des femmes dans le champ de mes désirs, mais ce n'était pas si simple. Je n'osais pas coucher des putes dans le lit conjugal et, parmi les dames disponibles, toutes n'acceptaient pas d'endosser les robes de ta mère. Même les plus délurées, lorsqu'elles circulaient dans la chambre habillées en Matilde, s'avéraient en général être un leurre, elles avaient l'air de voleuses. Celles qui finalement faisaient l'affaire, je les renvoyais le plus vite possible dans un taxi, me berçant de l'illusion que ta mère reparaîtrait sans prévenir. Comme ces quelques rares femmes ne répondaient généralement pas à un second appel, je devins bientôt une espèce d'ermite. Je me claquemurais dans ma chambre, je fumais une cigarette après l'autre, je me consolais en feuilletant les revues illustrées qui étaient alors fort en vogue. J'étais capable d'apercevoir ta mère sur n'importe quelle photo de femme à mi-distance, tantôt marchant sur l'avenue Centrale, tantôt étendue sur une plage du Nord-Est, tantôt chevauchant dans la pampa et, étendu sur mon lit, j'assouvissais mon désir en regardant ces silhouettes. Afin d'aérer un peu ma vie, je songeais même à inviter le samedi des amis à boire un cognac, à parler de sport, peut-être même à les réunir pour une partie de bridge comme faisait mon père. Mais puisque même quand j'étais étudiant je ne m'étais pas fait d'amis, ce serait difficile maintenant que j'habitais une maison qui n'avait rien d'engageant. La vérité est que, sans ta mère, le chalet, jadis si solaire, s'était peu à peu dégradé. Et des édifices avaient beau s'élever autour de lui, c'était l'ombre de Matilde que je voyais immanquablement au-dessus de lui. Toi, je ne t'ai pas vraiment vue grandir, tu grandissais sous le couvert de la maison ombragée. Absorbé désormais par des magazines en couleurs, français, américains, j'ai négligé de te suivre de près comme dans les premiers temps, quand ta mère nous a quittés. À l'époque, je me réveillais souvent inquiet, j'allais te tirer du sommeil pour vérifier ce qui restait de Matilde sur ton visage. Ce n'était pas de la folie de ma part, Balbina aussi remarquait que chaque jour tu te défaisais d'un nouveau trait de ta mère, et à cette allure tu avais déjà perdu tout le dessin originel de sa bouche, sans parler de la noirceur des yeux et du teint foncé. C'était comme si, au cœur de la nuit, Matilde passait chercher ses affaires sur le visage de sa fille, au lieu de prendre ses robes dans l'armoire ou ses boucles d'oreilles dans le tiroir. Même ma mère, qui n'avait pas l'habitude de te prêter beaucoup d'attention, fut frappée de voir comme tu te transfigurais. La petite embellit vraiment, déclara maman avec une vanité distraite, car tu lui ressemblais de plus en plus. Toutefois, en dehors de l'affection qui me liait à toi, je ne t'emmenais pas promener par discrétion, t'avoir auprès de moi me semblait contre nature. De la nounou au petit Portugais du magasin, tous savaient que ta mère, déboussolée, était partie sans laisser de billet ni faire sa valise. Mais abandonner un enfant chétif, encore à la mamelle, qu'il est possible de prendre sous le bras, était quelque chose d'inconcevable, d'insensé, d'impossible. Une femme ne renonce pas non plus aussi facilement à un mari, elle le troque contre un autre, et parfois elle le fait vite parce qu'elle est déjà presque sur le point de changer d'avis. Un peu comme elle souffre en se débarrassant d'une vieille robe, quand elle renouvelle sa garde-robe. Pour qu'une mère abandonne son enfant, il faudrait qu'un autre enfant l'entraîne par la taille avec la vigueur d'un amant. Et même moi, au début, j'en étais arrivé à penser que ta mère était enceinte, quand elle s'était enfuie. Oui, effectivement, Matilde grosse ne t'aurait peut-être pas emmenée, parce qu'elle aurait déjà porté dans son ventre l'enfant de l'homme qui l'avait arrachée à moi. Cela aurait aussi expliqué son comportement dans les derniers temps, quand elle s'était mise à me repousser. Ta mère était devenue indifférente à tout, du jour au lendemain son lait s'était tari, je ne t'ai jamais raconté ces choses-là ? Alors, pardonne-moi, oublie, tu aurais dû m'avertir, embrasse-moi. Si ça se trouve, je délire, et c'est volontiers que je ne reparlerai que de choses que tu connais déjà. Si avec l'âge on a tendance à répéter des épisodes anciens, mot à mot, ce n'est pas par lassitude de l'âme, c'est par souci d'exactitude. C'est pour lui-même qu'un vieillard répète toujours la même histoire, comme s'il en faisait des copies, au cas où l'histoire s'égarerait. Je ne sais pas si je t'ai déjà raconté comment j'ai connu Matilde à la messe du septième jour pour mon père, quand elle a dit Eulálio d'une façon que même des actrices sensuelles n'ont pas réussi à reproduire dans mon lit. Je crois aussi t'avoir raconté comment je suis allé la guetter un jour plus tard, toute frétillante à la sortie de l'école, elle était la plus foncée de sa classe. Je me suis mis à aller la chercher tous les jours, rien que de Matilde dans le vestibule de l'école j'ai amassé des souvenirs en série pour le restant de ma vie.

D'où ma frayeur quand tu es entrée sans frapper dans ma chambre enfumée, vêtue d'un chemisier blanc et d'une jupe bleu marine, je ne me souvenais pas de t'avoir jamais vue dans l'uniforme du Sacré-Cœur. Tu as bondi sur mon ventre et tu m'as embrassé en pleurant, parce que le bruit avait couru à l'école que tu étais la fille d'une mendiante. Je me sentais gêné, vautré sur mon lit, et toi, tu avais tes souliers sur mes revues dans lesquelles des femmes exotiques se faisaient passer pour Matilde. Et tu sanglotais sans pouvoir t'arrêter parce que tu étais devenue un sujet de moquerie, on racontait même que tu avais été trouvée par les sœurs de la charité dans une poubelle. Je me suis rajusté, j'ai ramassé les revues et j'ai dit, allons, allons, ma fille, allons, allons, je ne savais pas quoi dire. J'éprouvai des remords pour n'avoir pas respecté la volonté de ta mère, qui avait même téléphoné à un studio de photographie en ville où nous aurions posé tous les trois pour un album de famille. Matilde se plaignait avec raison, nous n'avions même pas la classique photo de mariage, mais j'avais remis le studio à plus tard, ensuite tout est allé à vau-l'eau. Allons, allons, ma fille, allons, allons, à présent je passais les doigts dans tes cheveux clairs, et il n'y avait absolument rien chez toi qui permette de dire, bon sang, c'est sa mère tout craché. Des robes moisies dans l'armoire ou des bijoux rouillés dans le tiroir qui pour le meilleur ou pour le pire m'étaient restés en souvenir, pour toi n'étaient même pas des vestiges d'elle. Alors j'ai supposé que la famille de Matilde devait au moins conserver une photo d'elle enfant, peut-être un portrait de sa première communion que tu pourrais montrer à tes camarades. En fin d'après-midi, j'allai chez maman qui recevait la mère de Matilde pour le thé et j'entendis leurs voix geignardes dans le jardin d'hiver : elle... ses manières... ses fréquentations... son destin... Quand j'entrai, elles changèrent de sujet, elles se mirent à parler de l'imminence d'une nouvelle guerre en Europe, des hordes de réfugiés qui débarquaient quotidiennement dans le pays : à Copacabana, Maria Violeta, on n'entend parler qu'allemand et polonais... ils sont de ce peuple-là, Anna Theodora, c'est tous des gens de ce peuple-là... Je profitai de la première pause pour demander à dona Anna Theodora un petit souvenir de sa fille, une quelconque photo juste pendant quelques jours, mais elle baissa les yeux et attaqua sa brioche. Et maman agita la clochette, elle ordonna à Auguste de manœuvrer mon automobile car je devais partir. Alors le lendemain je décidai de t'accompagner à l'école et tu t'en souviens sûrement car tu es devenue très excitée, tu n'étais jamais montée dans mon automobile. Mais tu insistas pour que je stationne à un pâté de maisons plus loin, car arriver à l'école avec un père eût été la fin de tout. Je t'ai vue marcher avec ton cartable, les pieds un peu en dedans, regardant derrière toi de temps à autre, jusqu'à te mêler sur le trottoir aux mères, bonnes d'enfant, gouvernantes, chauffeurs et quantité de collégiennes qui descendaient de voiture ou sautaient du tramway. Quand l'agitation cessa, je franchis le portail de l'école et, mû par la force de l'habitude, je m'arrêtai plusieurs minutes dans le vestibule, mon ancien poste de guet. Je reculai jusqu'au pied de l'escalier, je reculai de dix ans pour revivre le jour où je vis Matilde dévaler la rampe, elle fut renvoyée des cours pendant une semaine. Je montai jusqu'au bureau de la direction et me fis annoncer à la mère supérieure comme étant le père de Maria Eulália, élève en troisième année du primaire. La mère supérieure se déclara ravie de me recevoir en privé, puisqu'elle n'avait jamais eu le plaisir de me voir ou de voir mon épouse aux réunions de parents d'élèves. Je lui présentai mes excuses, j'étais en voyage d'affaires pendant une bonne partie de l'année, de surcroît j'étais veuf, justement ma femme avait étudié elle aussi au Sacré-Cœur. La mère supérieure se montra consternée d'apprendre qu'une ancienne élève était décédée en couches, d'éclampsie, à l'âge de dix-sept ans. Elle fut aussi pleine de compassion pour ma fille, chez qui elle avait déjà effectivement observé à l'heure de la récréation une certaine timidité, pour ne pas parler de tempérament misanthrope. Et elle fut d'accord avec moi sur le fait qu'il serait réconfortant pour une petite orpheline d'entendre des récits de la bouche de personnes ayant fréquenté sa mère dans cette même maison, peut-être même visiter sa salle de classe, griffonner sur son tableau noir, s'asseoir à son pupitre. Descendre à cheval sur la rampe, m'aventurai-je, et la mère supérieure rit en hochant la tête. Sauf que, Matilde, Matilde, franchement, elle ne se souvenait d'aucune Matilde. Matilde Vidal, insistai-je, et sa secrétaire, Mère Duclerc, qui semblait somnoler au-dessus de son bréviaire, se manifesta, Vidal? Bien sûr, et elle déclina d'une traite le nom des six sœurs de Matilde : Anna Theresa, Anna Amélia, Anna Christina, Anna Leopoldina, Anna Isabel et Anna Regina. De Matilde, sur le moment, elle ne parvenait pas à se souvenir, mais elle se dressa aussitôt au-dessus du bureau pour consulter son fichier. Dans un tête-à-tête silencieux avec la mère supérieure, je m'efforçai de déchiffrer son demi-sourire glacial, ses yeux gris qui me fixaient, son visage placide et ses doigts nerveux, asservis aux grains de son rosaire. Et je fus pénétré de la certitude qu'elle savait tout, de moi, de la fille abandonnée et de la perdition de la mère. Voilà, dit Mère Duclerc, et elle me tendit une photographie de la classe de seconde en 1927. On y voyait une dizaine d'élèves assises, mains croisées dans leur giron, devant un nombre égal d'écolières debout, bras rigides le long du corps. C'étaient les camarades de Matilde, je reconnus leur visage. Mais elle était absente, ce jour-là peut-être Matilde avait-elle été renvoyée chez elle.

16

J'ai faim. Ici les infirmiers sont rancuniers, à
l'exception de cette fille dont le nom ne me
revient pas à la minute même. En son absence,
quelqu'un doit s'occuper de moi. Je n'ai pas
besoin de salamalecs, j'ai horreur de la familia-
rité, j'exige une attention neutre, professionnelle.
Apportez-moi, je vous prie, mon confit de goyave,
j'ai faim. J'ai jeté l'assiette par terre, je ne le nie
pas, et je recommencerai chaque fois que le bif-
teck sera plein de nerfs. Sans compter que la
nourriture sentait l'ail, attendez que ma mère
l'apprenne. Que maman me flaire dès qu'elle
reviendra de la messe et elle découvrira qu'on
m'a servi la tambouille des employés. Car lorsque
la nounou a congé, c'est toujours la même histoire, personne ne fait preuve de patience avec
moi. Mais je suis affamé et capable de me taper
la tête contre le mur jusqu'à ce qu'on me serve le
dessert. Et quand mon père demandera quelle
est cette bosse sur mon front, je lui raconterai
que dans cette maison on me bat presque tous
les jours. Je m'exprimerai en français, afin que

tous aient l'air bête et que personne ne conteste mes dires. Papa n'admet pas qu'on porte la main sur son fils, en dehors de lui-même et de maman. Et quand il me frappe avec sa ceinture ou du revers de la main, il peut faire jaillir du sang et même me casser une dent, mais on ne touche pas la tête d'un enfant. Sachez que papa possède un fouet, rangé dans la bibliothèque derrière l'encyclopédie Larousse. Un jour il m'a montré l'objet, la courroie tressée en cuir d'antilope, la fleur de lys sur le manche. C'est un fouet hors d'usage, une relique familiale héritée de son père, mon grand-père Eulálio. Mais dès qu'il reviendra d'Europe, s'il entend dire qu'on a frappé son fils à la tête, il distribuera ici des coups de fouet à l'aveuglette. Il vous fustigera tous, homme ou femme peu importe, il déchaînera sur vous le chat à neuf queues comme mon grand-père sur le vieux Balbino. Balbino n'était même plus esclave, mais on raconte que tous les jours il ôtait ses vêtements et se collait contre le tronc d'un figuier, tellement il avait besoin de se faire étriller l'échine. Et grand-papa frappait bien à plat, sans malice dans la main, il frappait plus pour le claquement que pour le supplice. S'il avait voulu arracher la peau, il aurait imité son père qui, lorsqu'il attrapait un nègre fuyard, fouettait avec grand style. Le coup claquait à peine, on entendait juste un sifflement dans l'air, mon arrière-grand-père zébrait à peine la chair du chenapan avec l'extrémité de la courroie, mais la zébrure restait à tout jamais. Il avait contracté ce tour de main auprès de son père, arrivé d'outre-mer avec la flotte de la cour portugaise et, quand il n'écoutait pas parler la reine folle, il montait sur le pont pour corriger les matelots indolents. Mais mon arrière-arrière-grand-père Eulálio a peut-être inventé ça pour justifier la cravache que son père, le célèbre général Assumpção, avait brandie en campagne aux côtés des Castillans contre la France de Robespierre. Pour abréger l'anecdote, ce mien arrière-arrière-grand-père général était le fils de dom Eulálio, commerçant prospère de la ville de Porto, qui avait acheté la cravache à Florence dans l'intention de fustiger des jésuites. De sorte que, tout bien réfléchi, papa n'aurait pas usé sa cravache historique avec une bande de malotrus. Papa vous flanquera simplement à la porte et ce sera le pire châtiment pour vous, car vous ne trouverez nulle part un emploi pareil. Je ne parle pas seulement du salaire versé en temps voulu, ni du logement à l'arrière où vous vous soûlez et masturbez, ni des provisions de bouche que vous dévorez, ni du congé tous les quinze jours et de la gratification à Noël. Je parle aussi du traitement personnel que maman vous accorde, des petits larcins sur lesquels elle ferme les yeux, des vêtements encore en bon état qu'elle vous cède. Elle se fait un point d'honneur de vous voir aller tous bien vêtus à la messe et elle a fait exorciser dans l'église de la Candelária la cuisinière qui s'était adonnée à la *macumba*. Vous avez tous été vaccinés, seule ma nounou n'a pas fait l'examen médical, elle a trouvé que c'était du dévergondage. Mais je vais

demander à papa de ne pas renvoyer ma nounou, elle me fait de la peine, cette opulente
négresse n'aimera jamais un autre enfant comme
elle m'aime moi. Elle ne laissera pas non plus
un autre garçon lutiner ses gros tétons comme
elle me laisse le faire, elle m'assène une tape sur
la main, mais me laisse les peloter. Il n'a servi à
rien à maman d'engager une gouvernante alle-
mande quand elle a estimé que j'étais trop grand
pour avoir une nounou. La Fräulein faisait toutes
sortes de chichis, elle voulait m'obliger à parler
allemand et à pratiquer la gymnastique, mais elle
n'a pas pu me mettre au pas, elle a piqué une
crise de nerfs et elle est retournée en Bavière.
Outre la nounou, je crois que je vais demander à
mon père d'épargner la laveuse, toujours en train
de rire et de jacasser. Quand je vois ce panier de
linge fraîchement lavé, je pisse dessus avec
volupté et elle relave tout sans protester, elle lave
en chantant des polkas, en se trémoussant dans
le lavoir. La laveuse était une métisse d'Indienne
que maman avait ramenée de la ferme et, aujourd'hui, papa ne confie à personne d'autre ses
chemises de lin qu'à l'époque du port de Manaus
il envoyait repasser et empeser en Europe. Mon
père est très exigeant pour ces choses-là et ce
n'est pas par hasard que ses costumes, fracs et
vestes de cérémonie sont envoyés à un prince
russe qui s'est fait un nom à Petrópolis en qualité
de teinturier. Et le barbier italien vient à domicile
chaque matin pour le raser et égaliser sa moustache, je n'ai jamais vu mon père avec un seul
cheveu déplacé. Jamais une tache, jamais un pli

sur ses vêtements, mon père sort le matin de sa chambre aussi tiré à quatre épingles qu'il y est entré le soir, quand j'étais petit je croyais qu'il dormait debout comme les chevaux. Je mourais de peur à l'idée de devenir moi-même sénateur un jour, de devoir dormir debout et me déplacer comme mon père, raide et solennel. Je n'oublie donc pas le jour où, partant au travail, il se pencha pour donner un baiser à ma mère à la table du déjeuner et je vis surgir l'extrémité de la cravache par la fente arrière de sa veste. C'était sensationnel, c'était comme voir papa déguisé, avec une queue en cuir qui pendait du paletot en tweed. J'eus un petit rire, je demandai à mon père où il allait jouer avec cette queue. Qu'est-ce que tu racontes, gamin, dit-il, mais déjà maman se contorsionnait pour inspecter son dos. Alors papa sortit la cravache par la nuque, en frappa la paume de sa main, réfléchit un peu et dit, avec ces anarchistes on ne sait jamais. Ce soir-là, une assistante téléphona pour avertir ma mère de ne pas attendre le sénateur. Son Excellence serait retenue jusqu'au matin en assemblée permanente, ou en réunion d'urgence au ministère de la Santé, ou à huis clos avec le président Epitácio, car le gouvernement s'apprêtait à affronter une épidémie de grippe pire que l'espagnole. À peine maman eut-elle raccroché le téléphone qu'elle devint comme électrisée, elle se mit à tournicoter dans la maison, elle monta et descendit l'escalier une cinquantaine de fois. Pendant le dîner elle agitait la clochette pour un oui pour un non, elle se plaignait de tout, elle fut prise d'une crise de nerfs en voyant deux mouches s'accoupler sur la nappe en valenciennes. Et quand enfin elle paraissait retrouver sa sérénité, je renversai mon assiette pleine de riz, haricot, citrouille et tranche de foie, je jetai tout ça sur le tapis. Je détestais le foie et peu m'importa que maman m'envoyât dans ma chambre sans dîner. Elle ne savait pas que les soirs où j'étais puni, la nounou venait m'apporter du confit de goyave avec de la caillebotte dans mon lit. Je veux ma confiture de goyave immédiatement, je meurs de faim.

17

Inutile de me bourrer de remèdes, c'est idiot de rester couché dans ce lit, je suis incapable de dormir sans ma femme. Matilde n'a pas dit où elle allait et elle n'a jamais été du genre à sortir seule le soir. Ce n'est pas une heure pour faire des emplettes, encore moins pour aller dans un cabinet médical, elle rendait même visite à ses anciennes camarades seulement dans la journée de façon à pouvoir m'accueillir quand je rentrais du travail. D'ailleurs, elle ne trouve même plus de temps pour ses amies depuis qu'elle a un bébé. Et d'ici peu l'enfant va se réveiller affamé, Matilde ne tardera pas à rentrer. Encore que, dernièrement, elle ne lui donne plus le sein, mais je les verrai bientôt de nouveau collées l'une à l'autre, en train de se faire des mamours et des caresses. Je viens de me souvenir qu'Eulalinha était vêtue d'une salopette comme sa mère, elle était une Matilde en miniature. Matilde riait aux éclats avec la petite dans les bras et n'entendit même pas les coups de klaxon au-dehors. Ce fut le jour où Dubosc débarqua en compagnie d'un couple dont j'avais fait la connaissance à la réception de l'ambassadeur, lui était le médecin de la communauté française. Je les invitai à entrer dans le chalet, car ils avaient parcouru Copacabana d'un bout à l'autre sans trouver de cabines pour les bains de mer. Matilde descendait l'escalier avec l'enfant dans les bras et elle salua les hôtes d'un signe de tête. Elle leur montra la salle de bains en apprenant qu'ils souhaitaient se changer et me demanda d'ouvrir la voiture pour que Balbina y range les paniers d'Eulalinha. Quand je l'informai que nous n'irions pas à la ferme, ses yeux devinrent aussitôt humides, elle s'était tellement préparée pour sa première chevauchée depuis la naissance de sa fille. Mais Matilde est d'un tempérament ondoyant et déjà en chemin pour la plage elle riait aux éclats en balançant la petite, qui étrennait un maillot de bain semblable au sien. Elle avait compris qu'il ne serait guère courtois d'abandonner les Français sur une plage inhospitalière, sans compter que nous aurions de nombreuses fins de semaine pendant lesquelles profiter de la ferme. En fait, ce ne fut pas le cas, mais je ne pouvais pas deviner que Dubosc et ses amis deviendraient des habitués du chalet. Et nous finîmes par nous accommoder de ces relations, parce que, même s'ils ne se lavaient jamais les pieds en revenant de la plage, ils ne nous dérangeaient pas. Ils ne donnent du travail qu'à la cuisinière, qui doit prévoir plus large pour le déjeuner et ravitailler d'heure en heure notre baraque en *batidas de limão*. De la

sorte, Matilde joue tout son content avec la
petite et la nounou, pendant que je les amuse
par mes dithyrambes à propos du paysage de
Rio de Janeiro, que je leur signale des inscrip-
tions phéniciennes dans les montagnes, que je
cite les oiseaux hermaphrodites qui habitent les
îles océaniques. Je parle aussi des invasions françaises, du rêve de la France Antarctique, je me
suis même inventé un ancêtre breton, bras droit
de l'amiral Villegaignon. Mais le médecin me
coupe toujours la parole pour relater ses activités dans des parages qu'il est le seul à connaître,
dans ces forêts où les étrangers aiment à s'en-
foncer. Et que je te parle de paludisme, de schis-
tosomiase, de maladie de Chagas, du bacille de
Hansen et, entre deux endémies, je me prends
à contempler le fort de Copacabana en attendant qu'un transatlantique surgisse de derrière
le rocher. À midi, Matilde ramène Eulalinha à
la maison où elle lui donne le sein et la berce
avec la cantilène de l'ogre-qui-attrape-bébé. Elle
revient pour s'asseoir près de moi, me fait coucher la tête sur ses genoux et dit, ouvre la bouche
et ferme les yeux. Elle remplit ma bouche de
sable et part comme une flèche pour que je la
poursuive jusqu'à la mer, ensuite elle m'appelle
pour ramasser des petits crustacés ou jouer au
volant. J'imagine que les Français s'attendaient à
ce qu'un homme dans ma position ait une épouse
plus circonspecte, dotée de certaines qualités
intellectuelles. Mais Matilde ne participe quasiment pas à nos conversations, de plus elle a l'habitude de prendre Eulalinha avec elle à la table

du déjeuner, ce qui me cause de l'embarras. Il se peut aussi que mes rires l'inhibent, les rares fois où elle se met à parler français. Je m'empresse de corriger sa prononciation, je m'excuse pour ses fautes de grammaire et il n'est pas rare qu'elle s'interrompe au milieu d'une phrase. Je sais que loin de moi elle se débrouille, sinon elle n'aurait pas dépassé la première année à l'école. Elle ne s'entendrait pas non plus avec la femme du médecin qui a commencé à fréquenter la plage aussi les jours de semaine et qui lui relate les péripéties de son voyage en Amérique latine avec son mari. Ce qui fait que Matilde a pris la manie de me raconter des histoires de paysans mexicains ou d'Indiens qui se baladent nus dans les neiges de Patagonie, pendant que je me consume de désir pour elle au lit. Encore en camisole, elle m'oblige à écouter des légendes des peuples andins dont les cérémonies de fertilité l'enchantent. Je pense que si elle peut même s'intéresser à une guerre civile au Nicaragua à laquelle le couple a assisté l'an dernier, elle écouterait bouche bée les récits de Dubosc qui a combattu en qualité de volontaire pendant la Grande Guerre mondiale. Il m'a raconté un jour qu'il avait été lieutenant dans l'armée française, il a même fait état d'une blessure par balle dans les champs de Picardie, mais ensuite il n'a pas développé plus avant ce sujet. Il doit avoir honte d'une cicatrice, voilà pourquoi il ne retire jamais sa chemise sur la plage, je ne l'ai jamais vu se baigner dans la mer. Il est peut-être éloquent avec ses amis et avec ma femme, il leur montre peut-être même la médaille qu'il dit avoir reçue pendant la guerre, mais de cela Matilde ne m'a jamais parlé. Sans la secrétaire de la Compagnie, je n'aurais même pas su qu'outre la femme du médecin, Dubosc allait aussi chez moi à des heures imprévues. En passant au bureau après une journée de tractations à la douane pour dédouaner des tubes de canon, je l'entendis dire en plaisantant que monsieur Dubosc s'était déjà adapté au mode de vie de Rio de Janeiro et qu'il avait pris son vendredi pour aller à la plage. Le soir, Matilde n'évoqua pas ce sujet, elle exultait à cause de sa fille dont le cou commençait à devenir plus ferme, elle me montra comment elle redressait déjà sa petite tête. Je regardais le sable dans les interstices du plancher et quand je la questionnai sur Dubosc, Matilde confirma qu'il s'était changé chez nous, mais elle l'avait à peine vu. Ce n'était pas la première fois qu'il venait, même le médecin faisait parfois une apparition, d'après elle chaque fois que les Français se retrouvent, ils boivent et rient et bavardent entre eux, ils ne restent même pas pour le déjeuner. Je m'étonnai que Dubosc ne m'ait pas mentionné ces visites, mais j'avais l'explication de la raison pour laquelle il avait séché récemment une rencontre au ministère de la Guerre. Il avait sûrement picolé sur la plage, pendant que je faisais le pied de grue pour demander une audience avec le ministre, or j'avais été reçu seulement à la tombée du soir par son chargé d'affaires. À vrai dire, je n'eus pas besoin du Français pour mettre sur pied une démonstration d'artillerie avec présentation des nouveaux tubes du canon Schneider à laquelle le ministre assisterait finalement. Dubosc ne croyait déjà plus à ces promesses, mais accepta quand même de me retrouver à Marambaia, après quoi il se ferait ramener par le médecin et sa femme, qui avaient envie de voir la langue de terre. J'aurais dû proposer que nous y allions tous les quatre dans ma voiture, car à partir de la plage de la Gávea la route monte à l'intérieur d'une forêt épaisse qui peut se transformer en traquenard. Sinueuse, étroite, qui plus est mal balisée, même quelqu'un qui l'a parcourue plusieurs fois, comme moi, hésite à chaque bifurcation. En ce moment même, après avoir contourné la montagne et être descendu au niveau de la mer, je me suis retrouvé face à une nouvelle grimpée dont je ne me souvenais pas. Il était fort possible que je me sois égaré, car j'étais un peu distrait depuis le début du trajet. J'avais quitté la maison avec déjà Matilde dans la tête, je me demandais si elle ne me cachait pas quelque chose. Elle voulait me faire croire qu'en mon absence Dubosc se servait simplement du chalet comme d'une cabine publique dans une station balnéaire française. Elle voulait me convaincre que tous deux ne se heurtaient jamais quand il s'agissait d'entrer et de sortir de la maison, que leurs regards ne se croisaient jamais à l'heure des bains de soleil. Étendue à côté de lui sur la plage, il me semble impossible qu'elle n'ait jamais éprouvé de curiosité pour un homme avec autant d'expérience, qu'elle n'ait pas voulu savoir sur combien de continents il avait roulé sa bosse, combien de langues il parlait, dans combien de batailles il avait combattu, ou même pourquoi il ne retirait jamais de son corps cette chemise marron. Non, Matilde n'aurait pas résisté à engager une conversation, elle l'aurait très vite interrogé sur sa vie en France, elle lui aurait demandé s'il était marié, si sa femme était jeune et jolie, combien d'enfants ils avaient. Il se peut que Dubosc ait une fille de l'âge de Matilde et pour lui Matilde doit être une gamine totalement dépourvue de mystère. Elle était une autochtone pas très différente de celles qu'il avait connues en Polynésie, avec pour seul avantage qu'elle dansait le maxixe. Toutefois, en regardant Matilde, à plat ventre sur le sable, je doute qu'il n'ait jamais songé à la perspective d'un ou plusieurs rendez-vous secrets dans sa chambre d'hôtel, après avoir passé des mois à payer des femmes défraîchies dans des bordels ordinaires. Et soudain il me parut évident que les Français me faisaient jouer le rôle de l'idiot, ils n'avaient jamais eu l'intention de s'aventurer eux-mêmes sur la route escarpée et parsemée de nids-de-poule sur laquelle j'étais perdu. Par cette chaleur qu'ils qualifiaient de sénégalaise, ils se prélassaient déjà sûrement dans l'ombre de la baraque de Matilde, avec sa fille et la nounou. Mais Matilde n'est pas tellement avide d'ombre, elle n'arrête pas de bouger et va faire un plongeon, et il y a toujours un moment où elle part avec un seau afin de ramasser des coquillages pour sa fille. Alors il est probable que, sous prétexte de passer le temps, Dubosc la rejoigne et chemine avec elle au bord de l'eau. Ils s'arrêtent parfois pour cueillir un coquillage, elle en s'accroupissant, lui en se penchant et tendant son long bras. Ils ne se disent probablement rien, pourtant Matilde découvre peut-être un sens dans le cliquetis des coquillages qu'elle dépose et que lui lance dans le seau. Quand le seau sera plein à ras bord, ce sera comme si tout avait été dit entre eux et ils continueront à marcher jusqu'au fort au bout de la plage où Matilde aura envie de se rafraîchir le corps. Je la vois déjà posant le seau aux pieds de Dubosc et entrant dans la mer de sa façon à elle, comme si elle sautait à la corde. Elle sortira de l'eau en rejetant ses cheveux en arrière et Dubosc ne se rendra pas compte qu'une vaguelette est en train de renverser le seau qu'elle a confié à ses soins. Matilde verra les coquillages éparpillés par le reflux sur le sable, elle pensera que son avenir se trouve peut-être dessiné là, mais Dubosc les ramassera avec sa grande main. Les coquillages remplis de sable mouillé qu'il jette par poignées dans le seau, elle va les sortir et les laver un à un. Matilde scrutera chaque coquillage, elle examinera l'intérieur de ces maisons abandonnées. Et Dubosc regardera le ciel, à la position du soleil il calculera qu'à cette heure je devrais être en train d'arriver à Marambaia. À cette heure je n'avais aucune idée d'où je me trouvais, le soleil n'atteignait pas ma route, je continuais à être plongé dans une ombre verte. J'étais déjà convaincu que j'allais dans une direction erronée, mais la route s'était tellement étrécie qu'il était impossible de faire demi-tour. J'appuyais à fond sur l'accélérateur, l'essence allait bientôt manquer, je haïssais la forêt pour y avoir pénétré. Quand une clairière s'ouvrit, j'aperçus au loin une montagne ressemblant au Corcovado, c'était bien lui, on y apercevait des structures à son sommet, là où l'on disait que serait élevée une statue du Christ. Plusieurs voitures étaient à l'arrêt sur une place à ma droite, c'était le belvédère de la Vista Chinesa, mais au lieu de faire demi-tour j'éteignis le moteur et laissai la voiture rouler le long de la pente en direction du centre-ville où je ferai le plein d'essence. Et d'ici peu Matilde et Dubosc retourneront à la baraque, lui portant le seau et elle avec une expression que je ne lui avais jamais vue sur le visage. En l'apercevant, Balbina serrera Eulalinha contre sa poitrine et se précipitera à la maison où elle lui donnera le lait conservé dans le biberon. Le médecin et sa femme se retireront eux aussi précipitamment, afin d'assurer au nouveau couple un après-midi seul à seul. Et Matilde s'assoira tout contre Dubosc car, avec le soleil à pic, l'ombre de la baraque est exiguë. À douze heures tapantes, je garai la voiture sur le trottoir de la plage où il y avait peu de monde, il me fut facile de distinguer notre baraque. C'était un cercle de couleur bleu ciel, de loin elle ressemblait à la robe à jupe ample de la femme mariée avec qui mon père eut sa dernière aventure. Je m'efforçai de courir vers la baraque, mais je courais comme dans un rêve, presque sans bouger de place, car mes chaussures se remplissaient de sable. J'approchais lourdement du cercle bleu ciel et dans son ombre circulaire je perçus des ombres en mouvement. Encore quelques pas et j'aperçus Balbina qui me regarda effrayée et Eulalinha qui se mit à pleurer. Je demandai où était Matilde, Balbina m'indiqua le chalet, et déjà près du portail l'on entendait de la musique. Je pensai que c'était un maxixe, mais c'était la fameuse samba qu'elle s'était mise à écouter toute la journée : jure, jure, jure du fond du cœur. La porte de la maison était grande ouverte et au salon j'aperçus Matilde en maillot de bain en train de danser avec le Noir Balbino. Oui, le Noir Balbino, je n'en croyais pas mes yeux, mais c'était bien lui. Ils ne réagirent pas en me voyant, tous deux continuèrent à danser et à me regarder et à me sourire comme si de rien n'était. Balbino portait un pantalon violet très ajusté, son postérieur était plus massif que celui de sa sœur, et voir ma femme dans les bras de ce nègre fut pour moi la pire des infamies. Il dansait en ondulant de la croupe, elle riait aux éclats et le chanteur chantait avec une voix de tapette : et donc d'ici j'irai te donner un baiser très pur dans la cathédrale de l'amour. La scène devenait insupportable, aucun des deux ne voulait interrompre cette danse répugnante, alors j'envoyai un coup de pied dans l'électrophone de Matilde. Le disque vola, se brisa en morceaux par terre, le plateau et le bras du tourne-disque volèrent aussi. Matilde me regarda, ébahie, Balbino courut à petits pas, cela faisait un certain temps que le téléphone sonnait et c'était Dubosc qui m'appelait de la caserne de Marambaia. Il demanda ce que je faisais encore chez moi, car le ministre de la Guerre était en route pour la langue de sable, peut-être en compagnie du président Washington Luís. Ce fut mon record sur le parcours Copacabana-Marambaia, une heure et demie de course sans incidents, en dépit de la pluie qui me surprit à mi-chemin. En arrivant là-bas, je ne trouvai plus personne, les autorités avaient annulé la démonstration en raison du mauvais temps. Je retournai de nouveau au centre-ville, où j'achetai un radio-électrophone RCA Victor dernier modèle et deux albums contenant vingt-quatre disques de samba. Matilde fut folle de joie de ce cadeau, elle se rabibocha avec moi, elle était d'humeur changeante. Mais quelques jours plus tard, elle se ferma au monde, elle se mit à cacher son corps sous les robes longues que maman lui avait données voilà bien longtemps. Et aujourd'hui elle est sortie sans dire où elle allait. Matilde n'a jamais été du genre à sortir le soir. Il est donc naturel que je sois parti comme un fou à sa recherche, mais tout cela se passera seulement dans quelque temps. Il est bizarre d'avoir des souvenirs de choses qui ne se sont pas encore produites, je viens de me rappeler que Matilde va disparaître à tout jamais.

18

Si tu savais comme j'aime te voir apparaître, tu arriverais en courant tous les jours. Tu es la seule femme qui m'apprécie encore, si tu venais à manquer, je mourrais d'inanition. Sans toi on m'enterrerait comme indigent, mon passé s'effacerait, personne ne consignerait ma saga. Je ne suis pas en train de te faire du plat, il ne me manquerait plus que ça, flagorner les infirmières, je répète simplement ce que j'ai dit à mes avocats. Je viens de leur donner des instructions afin que tu ne sois pas démunie s'il m'arrivait quelque chose. Je ne laisserai pas les biens qui me restent à une fille qui m'a fait interner de force, même immobilisé je serais bien mieux chez moi. Mes douleurs étaient chroniques, je prévoyais où et quand elles allaient me faire souffrir. Mais ici je ressens des douleurs qui ne sont pas les miennes, j'ai dû contracter une infection hospitalière. Et si avant on me trimballait pour rien à la tomographie, maintenant que je suis nécessiteux il n'y a plus personne pour m'examiner. Mes comptes ne sont sûrement pas à jour, j'entends dire que je serai expédié dans un hôpital public. Dans ce cas j'aurai besoin de ton aide, car tu connais sûrement une quelconque maison de santé plus sérieuse, il y en avait une à Botafogo, tenue par des carmélites. Dans des institutions traditionnelles, mon nom ouvre des portes, contrairement à ce qui se passe dans cet antre où on nous extorque de l'argent sans s'enquérir de son origine. Car tu sais, mon arrière-arrière-petit-fils fait le trafic de stupéfiants, je crois l'avoir vu l'autre jour sur cette télévision avec sa petite amie, tous deux tête baissée dans un aéroport. S'il finit en taule, Maria Eulália me flanquera à la poubelle. Cela, parce qu'elle ignore que j'ai encore des ressources, si elle le savait elle les aurait déjà bazardées comme elle a bazardé la grande demeure, le chalet, tous les biens immobiliers, jusqu'au caveau de famille qu'elle a transformé en espèces sonnantes et trébuchantes. Je ne voulais pas me séparer du chalet pour tout l'or du monde, même si je ne savais que trop bien que l'absence de ma femme était définitive. Mais ailleurs je n'entendrais peut-être pas ses soupirs, à cette adresse-là elle venait encore me voir en rêve. Et je feignais d'être offensé par le prix qu'on m'offrait, je chassais les agents immobiliers qui venaient me harceler à l'instigation de ma fille. Maria Eulália ne concevait pas que nous occupions un terrain aussi précieux à Copacabana sans pouvoir assumer les frais d'une automobile, d'une cuisinière, d'une nounou pour Eulalinho. Déjà, quand elle était adolescente, elle trouvait qu'une maison avec jardin ça faisait plouc, elle enviait ses camarades qui déménageaient dans les édifices modernes du quartier, avec des façades en marbre de style Art déco. Et je trouve même très macabre, disait-elle, d'habiter dans la maison où maman est morte. Pour moi c'était toujours un choc de l'entendre parler ainsi, bien que ce fût moi-même qui avais inventé que sa mère était morte dans notre lit en lui donnant la vie. Au début ça m'avait semblé une belle histoire, capable de remonter le moral de ma fille tout en fournissant à la mère un départ triomphal. Tôt ou tard il me faudrait la détromper, mais j'avais remis la question à plus tard et Maria Eulalia avait non seulement grandi, cramponnée à mon mensonge pieux, mais encore l'avait-elle embelli pour son compte. J'imagine ses camarades de lycée déguisant leur rire, pendant qu'elle racontait le va-et-vient fébrile des infirmières, l'obstétricien qui s'arrachait les cheveux et sa mère prise de convulsions, l'écume aux lèvres et implorant Dieu de sauver l'enfant. Je pense aujourd'hui que Maria Eulália elle-même n'a jamais beaucoup cru à ce qu'elle racontait, parler de sa mère morte était comme une manière de conjuration, comme toucher du bois. Je pense que tous les jours elle descendait l'escalier de l'école avec des jambes flageolantes, effrayée par l'éventuelle apparition d'une mère repentante. Être accueillie par sa mère en larmes devant tout le monde eût été pour elle une vexation pire que si un parent pauvre en savates venait la chercher. Et la sortie de l'école était une fête pour ses camarades de dernière année qui défilaient dans des chaussures à talons hauts dans le vestibule devant leurs amoureux et prétendants. Mais parmi ceux-ci le plus convoité, parce qu'il était un homme fait, ami de marquis et associé de banquiers, fut inexplicablement attiré par la jeune fille qui sortait tête baissée en rasant les murs. Amerigo Palumba se mit à raccompagner Maria Eulália dans sa décapotable, il citait des poètes italiens, il lui offrit un livre intitulé *Cuore*. Sans savoir avec quelles paroles le remercier, un jour, pleine d'appréhension, elle lui raconta la seule jolie histoire qu'elle connaissait. Et après lui avoir relaté les derniers instants de l'éclampsie, le rictus, les yeux hagards de sa mère, elle fut réconfortée par son premier baiser sur la bouche. Un homme sensible, m'avait-elle dit, tu dois voir quel homme sensible il est. Même après les noces, Palumba la couvrait de caresses chaque fois qu'elle rappelait son histoire et ce fut sans doute lors d'un de ces rapprochements qu'Eulalinho fut conçu. Mais à peine la grande demeure fut-elle vendue que le rital détala avec le butin et Maria Eulália refusa de croire qu'elle avait été rejetée d'une manière aussi ignominieuse. Elle préférait passer pour une épouse déshonnête, elle préférait penser qu'il s'était exilé en perdant confiance en elle qui depuis le début l'avait dupé avec des affabulations tirées de son imagination. Elle avait la certitude qu'était revenue à ses oreilles la rumeur qui courait quand elle était collégienne, selon laquelle sa mère n'était nullement morte d'une éclampsie, mais s'était enfuie de chez elle, abandonnant un mari mou et un nourrisson. Allons, allons, ma fille, allons, allons, je parlais avec une cigarette

115

entre les lèvres, à la recherche d'allumettes. Elle ne doutait pas non plus qu'Amerigo eût rencontré Matilde en personne à la porte de la maison, elle soupçonnait sa mère de rôder autour de son petit palais à flanc de colline à Flamengo, comme naguère elle l'aurait guettée à la sortie du lycée. Alors je lui ai pris les mains, je l'ai regardée dans les yeux et je lui ai avoué que Matilde avait réellement abandonné le foyer, quand elle n'avait même pas encore commencé à marcher à quatre pattes. Mais elle était décédée peu de temps après, dans un accident d'automobile sur l'ancienne route Rio-Petrópolis, et il était grand temps que nous laissions son âme reposer en paix. Le jour des Défunts, j'ai emmené Maria Eulália au cimetière São João Batista et nous avons déposé des œillets blancs sur la tombe où étaient gravés en lettres de bronze les noms de mon père, de ma mère et de Matilde Vidal d'Assumpção (1912-†1929). Et je ne sais pas pourquoi je ne l'avais pas mise au courant plus tôt, car ensuite, visiblement, ma fille devint une femme bien plus détendue. Elle accoucha dans la sérénité, allaita Eulalinho pendant un an et rappelait Matilde par son zèle maternel. Plus tard, elle connut une phase d'extraversion inusitée, elle était pendue au téléphone, se maquillait, fréquentait les vernissages, elle fit la connaissance d'une artiste peintre avec qui elle bavardait au salon jusqu'à très tard dans la nuit. Les deux femmes feuilletaient des livres d'art, et du haut de l'escalier j'entendais des bruits de pages tournées et des mots prononcés à voix basse par l'artiste : expressionnisme... Cézanne... Renaissance... J'entendis peut-être mal, mais il me sembla capter aussi des mots chuchotés par Maria Eulália : éclampsie... spasmes... sauver l'enfant... Au début j'étais même content que cette peintre dîne avec nous, car alors Maria Eulália préparait autre chose que des œufs frits avec du riz. Mais avec le temps cette fille a commencé à prendre des libertés, elle donnait son avis sur la décoration du chalet, sur le petit secrétaire baroque hérité de ma mère, qu'elle déclara être une contrefaçon grossière. Devant le portrait à l'huile de mon grand-père dans son cadre rococo elle eut le fou rire et dit, c'est ce que les Allemands qualifient d'art kitsch. Elle commença à passer la nuit à la maison et je ne sais pas si ce fut pour cette raison qu'Eulalinho devint irascible, il n'arrêtait pas de crier et de pleurer jour et nuit. Pour étouffer les cris d'Eulalinho, l'artiste peintre mettait la radio de Matilde à plein volume, je ne savais même pas que cette radio fonctionnait encore. Elle finit par apporter ses affaires, ses couleurs et ses toiles, elle fit du salon son atelier et je me résignais à tout car je ne voulais pas contrarier Maria Eulália. Ma fille avait même une autre couleur, ses yeux étaient plus vifs, ça faisait plaisir de la voir ainsi. Elle aurait été parfaitement heureuse, n'était le chalet qui, selon son amie, dégageait des fluides délétères. Alors j'ai capitulé, j'ai vendu la résidence de mes rêves. L'entreprise de construction nous a payés avec deux appartements contigus, constitués d'un salon et de trois chambres, au huitième étage d'un édifice derrière notre terrain. Je conservai l'ancien mobilier, outre le portrait de grand-papa, et après une certaine hésitation j'emportai aussi l'armoire contenant les robes de ma femme, la table de chevet avec ses bijoux dans le tiroir. Toutes deux décorèrent leur appartement avec des fauteuils curvilignes et des tables à pieds très minces. Maria Eulália acheta même une console équipée d'un électrophone Telefunken, elle qui n'avait jamais été férue de musique. Maintenant elle écoutait du jazz pendant que l'autre créait des collages sur des toiles bitumineuses et qu'Eulalinho, asthmatique et allergique, passait des heures et des heures dans mon appartement. Il resta même un bon bout de temps avec moi, quand ma fille emmena l'artiste peintre et une marchande de tableaux de São Paulo aux États-Unis où il y avait un marché pour les œuvres expérimentales. Au bout de quelques mois, Maria Eulália revint seule et je transférai dans la dépense mes montagnes de revues illustrées. Je débarrassai ainsi une pièce uniquement pour elle, car son appartement avait été saisi par la Caisse d'Épargne afin d'acquitter des dettes colossales. Pas un mot ne fut dit au sujet de la femme peintre, ma fille resta longtemps muette, mais j'appris à apprécier sa compagnie silencieuse. Je l'étudiais en silence, j'observais sa beauté surannée, sa pâleur, ses éternels cernes, son visage allongé comme celui de ma mère. Et je me demandais si la supposition que j'aurais désiré voir en elle une réplique de Matilde ne l'avait pas tourmentée depuis qu'elle était petite. Devenue adolescente, je n'oublie pas son air stupéfait lorsque je la chassai de ma chambre en la surprenant en train d'enfiler un tailleur orange de sa mère, qui d'ailleurs ne lui allait pas du tout. Et dernièrement, ses explosions de joie n'étaient peut-être que des comédies maladroites, comme une chouette qui sortirait en plein soleil, sans bien comprendre ce qu'on attend d'elle. Qui sait si Maria Eulália ne se sentait pas même coupable d'être née fille, pensant que je comptais sur un héritier. Mais s'il en avait été ainsi, Maria Eulália m'avait déjà récompensé avec Eulalinho, qui devint un fils pour moi. Pour lui, je me souvins même de vieilles berceuses que je n'avais pas honte de chantonner tout bas quand au milieu de la nuit le gamin me rejoignait dans mon lit, sous le coup d'une frayeur quelconque. Je lui appris à lire, je lui décrochai une bourse dans mon ancien collège de prêtres où mon nom ouvrait encore des portes. Je m'attachai au gamin qui, malgré le Palumba dans son nom et ses traits quelque peu rustauds, appartenait indéniablement à ma lignée. Il m'accompagnait chez les bouquinistes en ville et m'aidait à déterrer des photographies du début du siècle, quand les Assumpção tenaient les commandes dans le pays, comme je le lui appris. Ce fut lui qui dénicha une photo de 1905 sur laquelle mon père, jeune sénateur, figurait avec un chapeau haut de forme dans la suite du président Rodrigues Alves. Je l'emmenais en culottes courtes au Sénat, je le fis prendre en photo à la tribune où son arrière-grand-père avait si souvent prononcé des discours. Le gamin ne lâchait pas ses manuels d'histoire, il remplissait sa mère d'orgueil avec les notes sur son bulletin. Versé très tôt en politique, il arriva au lycée capable de discuter, d'égal à égal avec ses professeurs, la situation lamentable du pays. Et un jour il vint m'informer qu'il était devenu communiste. Pourquoi pas, me dis-je. Si le communisme advient, Eulálio Palumba d'Assumpção accédera probablement au Bureau politique, au Conseil des ministres, sinon au Comité central du Parti. Mais au lieu du communisme, ce fut la Révolution militaire de 1964 qui survint, je tentai alors de lui rappeler nos anciens liens familiaux avec les Forces armées, je lui montrai même la cravache qui avait appartenu à son lointain aïeul portugais, le célèbre général Assumpção. Mais à son jeune âge, Eulálio était encore sensible à l'influence de personnes insensées, peut-être même de curés rouges. Ou alors le sang chaud du Calabrais lui était monté au cerveau, tout ce que je sais c'est qu'il s'était mis dans la tête d'être un héros de la résistance. Il avait apporté une Ronéo à la maison, il imprimait des tracts, je tentai vainement de lui expliquer que l'héroïsme c'était vulgaire. Un soir, il fourra ses affaires dans des sacs à dos et ma fille fut prise de désespoir, elle dit qu'il était entré dans la clandestinité. Sept agents de la police ne tardèrent pas à envahir notre appartement, ils perquisitionnèrent partout, secouèrent Maria Eulália, nous interrogèrent au sujet d'un certain Pablo et je déclarai qu'il y avait une erreur, le jeune homme était un Assumpção de pure souche. Je leur montrai aussi le portrait de mon grand-père dans son cadre doré, mais un colosse brutal m'asséna une claque sur l'oreille et m'enjoignit d'aller nous faire enculer, mon grand-père et moi. Cet ignorant éparpilla par terre ma collection de photos et cela n'aurait servi à rien que je proteste quand il confisqua la cravache florentine. Par la suite on nous téléphona pour que nous allions chercher un enfant à l'hôpital de l'Armée, c'était le fils d'Eulálio et de sa comparse qui avait accouché en prison. J'élevai ce petit Eulalinho comme s'il était mon fils, je lui appris à lire, je l'inscrivis au collège de prêtres où mon nom ouvrait des portes, je le fis photographier en culottes courtes au Sénat. Dès le début il s'avéra être un élève doué, intéressé par l'histoire du Brésil, il discutait avec ses professeurs d'égal à égal et un jour il est devenu communiste. Ma fille dit qu'il a été tué en prison, mais on n'en a pas la certitude, tout ce que je sais c'est qu'on m'a téléphoné pour qu'on aille chercher son fils à l'hôpital de l'Armée. J'ai élevé cet Eulalinho comme s'il était mon fils, je lui ai appris à ouvrir les portes, je l'ai fait photographier en culottes courtes avec des curés rouges, mais le goût du médicament était bizarre. Votre tête ne me revient pas, je ne reconnais pas ce sourire caustique que vous avez. Je sens une brûlure dans l'œsophage, vous m'avez fait boire de la soude et maintenant je suis mourant. Remuez-vous, ne me regardez pas agoniser, donnez-moi au moins de la morphine.

19

Tu m'as terrassé, mais je me suis relevé, tu m'as meurtri, mais je t'ai pardonné, j'aime entendre la laveuse chanter ce truc en bas. C'est papa qui est venu me voir aujourd'hui, lui qui ne se montre jamais dans ma chambre. Il est passé pour me recommander de ne pas quitter mon lit, sinon les oreillons descendent dans les roubignoles, les bourses deviennent énormes et la quéquette se retourne à l'envers. Voilà pourquoi je ne tourne pas la tête pour te regarder, mais du coin de l'œil je t'aperçois en robe de chambre et en pantoufles en train de distribuer des taloches dans l'air. C'est le thermomètre que tu secoues avant de le glisser sous mon aisselle, pour t'asseoir ensuite sur mon lit et poser le dos de la main sur mon cou et sur mon front. Si ça ne tenait qu'à moi, je serais malade plus souvent, j'aurais de nouveau les oreillons et la varicelle et la rougeole et une appendicite. Et ma chambre aurait constamment cette lumière tamisée d'abat-jour, les fenêtres resteraient fermées même pendant la journée. Et quand tu me chanterais une berceuse, je verrais une larme vaciller dans chaque œil, les mêmes deux larmes que lorsque tu joues du piano et je n'en dis pas plus pour ne pas t'importuner par mon sentimentalisme. En dehors de la musique, tu as toujours eu la noblesse de brider tes sentiments, qui sont sûrement douloureux, comme doit l'être le lait qui se coagule. Tu as dit aussi un jour que tu n'aimais pas ceux qui embrassent les personnes qu'ils connaissent à peine, qui vous tapotent le dos, qui vous touchent en vous parlant. Et, à la fête de papa, j'ai compris que tu souriais uniquement par politesse à cette femme qui se prétendait ton amie, qui te parlait à l'oreille et gesticulait et riait plus que de raison. Tu ne te souviens certainement plus d'elle, c'était une fille avec des taches de rousseur et des cheveux châtains, elle t'a abordée au moment où les domestiques servaient les petits fours. Après, elle t'a dit au revoir en déposant deux baisers sur tes joues et s'est dirigée vers un beau garçon ressemblant à Rudolf Valentino qui buvait du whisky dans un fauteuil. Mais quand ce type s'est levé, j'ai été surpris par sa petite taille, il faisait penser aux caricatures de la revue *Fon-Fon*, avec un tronc disproportionné par rapport à leurs jambes courtes. Ils sont partis bras dessus, bras dessous et je me suis rendu compte alors que c'était le même couple que dans le salon de musique, je les avais vus peu de temps auparavant avec mon père. Sauf que soudain quelqu'un a ouvert la persienne et avec le soleil sur le visage je ne vois plus rien, ma mère, qui était avec moi il y a un instant, a disparu. Si quelqu'un la rencontre, qu'il veuille bien lui dire de revenir me parler, c'est important. Je répète : si quelqu'un m'entend, qu'il aille pour moi de toute urgence dans la chambre de ma mère, car j'ai les oreillons et je ne peux pas bouger. Et si elle est dans son fauteuil roulant, avec un air de folle et parlant français, qu'il n'y fasse pas attention, qu'il ouvre sans crainte le tiroir du milieu du petit secrétaire en jacaranda. Qu'il cherche bien, tout au fond il découvrira une photo de la taille d'une feuille de papier ministre portant au verso la date de 1920. Mais qu'il n'omette pas de m'apporter aussi la loupe, qui est dans un tiroir plus petit, car il me faut dissiper un doute. Je pourrais presque jurer que ce Rudolf Valentino figure sur l'escalier du palais Guanabara, à l'occasion d'une visite de parlementaires au roi Albert de Belgique, lequel était logé là. Cette photo est une des préférées de maman, mon père s'y trouve à côté de la reine Élisabeth, une marche plus bas que le roi. La tête du père de Matilde y apparaît aussi un peu en arrière et, perché sur la dernière marche, si je ne m'abuse, il y a le court sur pattes aux cheveux brillantinés. J'ai absolument besoin de cette photo pour montrer ce type à papa, au cas où il repasserait par ici. Dans une conversation d'homme à homme je pourrais le convaincre de ne pas se fourrer dans une histoire avec la femme de Rudolf Valentino. J'essaierais de le dissuader d'acheter cette robe bleu ciel, mais il est évident que papa ne me laisserait même pas terminer ma phrase. Ne m'embête pas, Lilico, dirait-il, va te faire voir ailleurs, et finalement il mourrait comme le destin voulait qu'il meure, dans sa garçonnière avec six balles dans la poitrine. Et même s'il m'avait écouté, il serait peut-être malgré tout tombé dans l'embuscade. Car il avait sans doute l'intuition que bientôt les temps allaient changer, or mon père n'aurait jamais accepté de s'incruster dans un temps qui n'était pas le sien. Sa fortune à l'étranger était sur le point de s'évaporer et je ne parviens pas à l'imaginer sans ses voyages annuels en Europe, sa cabine, ses hôtels, ses restaurants et ses femmes de première classe. En politique, la civilité céderait la place au cabotinage et à l'esbroufe, et je ne vois pas non plus mon père quémander des voix sur la place publique, se percher sur des gradins, serrer la main de plébéiens, sourire à des photographes dans des vêtements souillés de graisse. Même la Compagnie Le Creusot ne jouissait plus du prestige des premières années, quand la mission militaire française s'était installée ici. À présent, nous souffrions d'attaques fréquentes dans la presse et il fallait encore endurer Dubosc qui soufflait bruyamment et disait merde alors à chaque ligne que je lui traduisais. Même *O Paiz* nous brocardait dans ses éditoriaux, des caricatures ridiculisaient nos pièces d'artillerie, présentées comme étant le rebut de la Grande Guerre. Et nous perdions du terrain jour après jour en faveur de la concurrence qui n'hésitait pas à séduire certains journalistes avec qui hier encore nous échangions des faveurs. Cela finissait par contaminer l'atmosphère du bureau, la secrétaire me rapporta que Dubosc était allé jusqu'à exiger d'elle une liste de mes interlocuteurs au téléphone. Il craignait sûrement que je retourne ma veste, peut-être même que je négocie en catimini des informations confidentielles. Dubosc ne me connaissait pas, il avait le droit de mettre mon intégrité en doute. Et inversement, je ne sais même pas qui fut son père, je ne connais pas l'ascendance des Dubosc. Mais tandis que la Compagnie était pour moi quasiment un héritage paternel, lui n'était attaché ici que par des liens mercantiles, il n'aurait eu aucun scrupule à céder à des offres plus avantageuses. En effet, si précédemment il allait à la plage sporadiquement, ou parfois à la chasse aux capybaras un jour ouvrable, maintenant il faisait des escapades mystérieuses tous les jours, il ne pouvait qu'être de mèche avec nos rivaux. Et un vendredi où il quitta le service avant midi en nous souhaitant un bon week-end, je perdis patience, je donnai congé à la secrétaire et je fermai aussi mon bureau. Je regrettai ensuite mon emportement, ne serait-ce que parce que je ne savais que faire de mon après-midi libre. Je commandai un café dans une pâtisserie, j'allumai un cigare pour lorgner les passants, j'aperçus même deux anciennes camarades de Matilde que je connaissais de vue. Je crois qu'elles aussi m'avaient aperçu, je fis le geste de me lever, mais elles pressèrent le pas et entrèrent dans une galerie. Je flânai encore un peu sur l'avenue

Centrale avant de rejoindre ma voiture et je m'arrêtai aussi chez un fleuriste en rentrant chez moi. Je ne sais pas si Matilde serait descendue au salon si j'avais invité ses amies à lui rendre visite. Mais je pense que c'eût été difficile, car elle ne répondait déjà plus quand je frappais à sa porte. Elle avait peut-être même insulté la femme du médecin, qui n'était plus jamais revenue pour un bain de mer. Matilde vivait de plus en plus recluse dans cette chambre latérale du chalet, en réalité un débarras rempli de babioles diverses et d'un vieux divan sur lequel elle s'étendait peut-être des heures d'affilée dans un état catatonique. Elle n'avait pas d'horaire pour ses repas, elle réchauffait elle-même son assiette et mangeait dans la cuisine sans parler à quiconque. Au début de la crise elle regardait encore sa fille, maintenant elle ne le faisait même plus, je crois qu'elle avait été blessée en surprenant Eulalinha cramponnée au sein de sa nourrice. Si le lait tarit aussi brusquement, disait la nourrice, c'est parce que la mère a perdu un être cher ou a subi une profonde déception amoureuse. Elle regardait le plafond en disant « être cher » et me fixait des yeux en évoquant une déception amoureuse, comme si j'étais un mauvais mari. Moi, qui ressentais le besoin de Matilde autant que ma fille et qui n'avais même pas une autre poitrine pour me consoler. Je faisais de mon mieux pour la ramener à la vie, je viens à l'instant même de lui acheter une brassée d'anthuriums pour égayer le salon. Matilde adorait les feuilles d'anthu-

127

rium, si rouges, elles lui faisaient penser à des cœurs en matière plastique. Je parcourus la maison à la recherche d'un vase destiné aux fleurs, il n'y avait personne pour m'aider. Sur le fourneau il y avait des casseroles froides avec du riz et des haricots, la cuisinière était sûrement en train de flirter dans le magasin et la nounou de se trémousser sur la place avec Eulalinha. Je découvris le vase au milieu de toiles d'araignée dans la dépense, les meubles étaient couverts de poussière, la maison tout entière avait grand besoin de l'œil de la patronne. Et pendant que je disposais les anthuriums au salon, j'eus la surprise d'entendre Matilde pleurer tout bas, se défouler de temps en temps ne pouvait que lui faire du bien. Je montais déjà pour lui prêter assistance, mais je m'arrêtai au milieu de l'escalier pour mieux écouter ses gémissements. Ici, je ne m'adonnerai pas à la joie de révéler des détails intimes sur Matilde, je me bornerai à dire que chaque femme a une voix secrète, avec une mélodie caractéristique, connue uniquement de celui qui partage un lit avec elle. Ce fut la voix que j'entendis là, ou voulus entendre, ça faisait des semaines que je ne couchais pas avec Matilde. Et je pris plaisir à imaginer qu'en cet instant elle se caressait en pensant à moi, comme moi je lui faisais l'amour en pensée toutes les nuits dans ma chambre. J'arrivai en haut de l'escalier en marchant aussi légèrement que possible, pour rien au monde je n'aurais interrompu Matilde, je voulais l'épier jusqu'au bout. Mais soudain, du néant une bouffée de chaleur violente me monta à la tête, je sentis toute ma peau se soulever. En un instant je fus assailli par l'idée qu'un homme était avec Matilde, j'entendais déjà son halètement mêlé à ses gémissements. Mes yeux s'étaient comme emplis de sang, et la marqueterie du parquet imitait les empreintes des pas d'un homme de grande taille, de pieds sales de sable se dirigeant vers Matilde. Je voyais des empreintes de pas dans tout l'étage, anciennes et récentes, de pieds droits et gauches, allant et venant, aussi de côté, c'était un puzzle d'empreintes juxtaposées. Je pensais que j'allais me précipiter en hurlant sur le couple, mettre en fuite cette crapule et gifler ma femme jusqu'à lui démolir le portrait. Mais non, je me suis vu aussitôt suivant à pas de loup les lamentations langoureuses de Matilde, il me fallait à présent l'espionner plus avidement encore que précédemment. Je passai le long de pièces vides, j'entendais des sanglots et de l'eau couler dans la salle de bains, et le fait de surprendre Matilde en train de me trahir dans notre lit, je ne sais pourquoi, m'eût moins humilié que de la voir se donner debout à un homme mouillé. J'arrivai pantelant devant la porte entrouverte de la salle de bains et je vis Matilde penchée au-dessus du lavabo, comme si elle vomissait. L'espace d'une seconde je me dis qu'elle était peut-être enceinte, puis je vis son épaule droite dénudée, elle avait abaissé un côté de sa robe. Je courus pour la prendre dans mes bras, honteux de mes mauvaises pensées, mais elle rajusta brusquement son vêtement et m'échappa, laissant le robinet ouvert. Et j'aperçus des éclaboussures de lait sur le rebord du lavabo, l'air sentait le lait, elle vidait son lait, vêtue de la robe de sa mère, je ne t'ai jamais raconté cet incident? Alors, n'en tiens pas compte, tout ce que je raconte n'est pas à écrire, tu sais que j'ai l'habitude de rêvasser. C'est bien volontiers que je ne te reparlerai que des bons moments vécus avec Matilde et s'il te plaît corrige-moi si je me trompe ici ou là. Quand on est vieux on a tendance à répéter des histoires anciennes, jamais pourtant avec la même précision, car chaque remémoration est déjà une imitation d'une remémoration antérieure. Même la physionomie de Matilde, je me suis aperçu un jour que je commençais à l'oublier et ce fut comme si elle m'abandonnait de nouveau. C'était une souffrance aiguë, plus je la puisais dans mes souvenirs, plus son image s'effilochait. Il restait d'elle des couleurs, quelques scintillements, un souvenir fluide, ma pensée à son sujet avait des formes vagues, c'était comme penser à un pays et non à une ville. C'était comme penser à la couleur de sa peau, essayer de l'appliquer à d'autres femmes, mais avec le temps j'oubliai aussi mes désirs, je me lassai des revues illustrées, je perdis la notion d'un corps de femme. Je ne recevais plus ta mère en rêve, je ne roulais plus pendant mon sommeil pour me réveiller du côté droit du lit, là où le matelas avait conservé la concavité façonnée par son corps. Et quand nous déménageâmes dans la banlieue, je pus partager avec toi mon lit de couple sans courir le risque d'appeler Matilde, Matilde, Matilde ou de prononcer des paroles inconvenantes au milieu de la nuit. Même habitant un logis constitué d'une seule pièce, à une adresse pour personnes déclassées, dans la rue la plus bruyante d'une cité-dortoir, même vivant dans les conditions d'un hindou sans caste, à aucun moment je n'ai manqué de tenue. Je portais des pyjamas soyeux avec le monogramme de mon père et j'enfilais toujours une robe de chambre en velours pour aller jusqu'à l'appentis dans le jardin où je faisais mes ablutions et mes besoins dans une salle d'eau avec des murs couverts d'éclaboussures et un sol en ciment. Ma toilette était laborieuse car, en guise de douche, il y avait un tuyau capricieux, qui tantôt distillait une eau au compte-gouttes, tantôt la lâchait à grands jets au-dessus de la latrine. Et ce fut dans ces circonstances que j'eus une vision tardive et peut-être ultime de Matilde, comme un chant du cygne. Sous un filet d'eau, je me transportais dans notre salle de bains du chalet, je rêvais à son pommeau de douche généreux. Devant un mur dépourvu d'enduit, je rêvais à des hippocampes sur les carreaux en faïence, au carrelage anglais de notre ancienne salle de bains lorsque, sans le moindre effort, il se trouva que je me ressouvins entièrement de Matilde. Elle m'apparut avec son corps de dix-sept ans sous un jet d'eau chaude, elle rejetait ses cheveux en arrière et serrait les paupières afin que le savon ne pénètre pas dans ses yeux. Je me la rappelai enveloppée de vapeur, écarquillant à présent ses yeux noirs, je ressuscitai son sourire enclos entre ses lèvres, sa façon de hausser les épaules et de me faire signe avec son index, et je crus même qu'elle m'appelait dans l'autre monde. Je me souvins du mouvement de son corps quand elle s'adossait aux hippocampes du mur, de l'ondulation subtile de ses hanches, et je me sentis soudain doué d'une vigueur dont j'étais privé depuis des années. Je me regardai, émerveillé, il y avait dans mon corps de vieillard un désir pour Matilde semblable à celui de notre première rencontre, je crois ne t'avoir jamais raconté comment j'avais fait sa connaissance à la messe pour papa. Tu étais toi-même à côté de moi, tu t'es sûrement aperçue de mon trouble, je ne doute pas que tes yeux se soient même posés sur mon entrejambe et qu'ils se soient immédiatement détournés, incrédules. Et bien qu'entourée de beaucoup de monde, même le président de la République était venu présenter ses condoléances, tu auras forcément prêté attention à ta future belle-fille. Elle était la plus foncée de la file et dans son costume d'enfant de Marie elle était vraiment une provocation, elle était presque obscène enfermée dans ses parements. Car rien qu'avec ses yeux, ces yeux à moitié arabes, Matilde laissait percevoir les moindres mouvements de son corps, le balancement subtil de ses hanches, et je dus me précipiter à la maison car j'avais besoin de me laver de nouveau. Et sous la douche j'observai mon corps frémissant, sauf qu'en cet instant ma tête vient de faiblir, je ne sais plus de quelle douche je parle. Mes souvenirs sont si nombreux, et mes souvenirs de souvenirs de souvenirs, que je ne sais déjà plus dans quelle strate de ma mémoire je me trouvais présentement. Je ne sais pas non plus si j'étais très jeune ou très vieux, je sais seulement que je me regardais presque avec crainte, sans comprendre l'intensité de mon désir. Et j'eus la sensation absurde que dans ma main je tenais la bite dure de mon père, mais c'est triste d'être abandonné ainsi en train de parler au plafond, tout brûlant de fièvre à cause de mes oreillons. Tu as oublié de me donner un baiser, tu ne m'as pas enlevé ma fièvre, tu es partie sans me chanter ma berceuse.

20

Vous allez tomber à la renverse, ne serait-ce que parce que personne ne me donne mon âge, mais cette petite vieille n'est pas ma mère, c'est ma fille. Elle est venue s'assurer que je suis en bonne santé de façon à organiser sans tarder mon transfert. Quand demain matin mon lit sera vide, beaucoup ici feront le signe de la croix en pensant au pire. Mais ne vous affligez pas à cause de moi, car je serai en train de sucer des raisins à Copacabana, dans un salon avec vue sur la plage. Probablement dans un fauteuil roulant, mais motorisé, pour que je puisse descendre faire une promenade tout seul quand l'envie m'en prendra. J'ai résisté un peu à l'idée d'habiter dans un immeuble, je craignais la promiscuité. Mais j'ai fini par capituler devant sa commodité et n'hésitez pas à venir me voir un de ces jours, je vous laisserai ma carte de visite. L'édifice a de la classe avec son hall d'entrée de style Art déco, les voisins sont discrets, les portiers bien proprets. Bref, l'ambiance est sélecte et il était naturel que j'éprouve de l'appréhension lorsque est entré avec moi dans l'ascenseur un balèze avec un faciès d'homme du Nord, nez épaté, peau épaisse. Je lui ai indiqué l'ascenseur de service, mais il m'a tourné le dos et a appuyé sur le bouton de mon huitième étage. En haut, Maria Eulália a beaucoup ri de l'incident, d'après elle j'étais la seule personne à Rio de Janeiro à ne pas connaître Xerxes. Même mon petit-fils avait une image du milieu de terrain vétéran du Fluminense Football Club, et ça vient de me rappeler que je n'habite plus à Copacabana depuis belle lurette. Pour permettre à ma fille d'avoir plus d'intimité, nous avions troqué notre appartement contre deux plus petits à Tijuca, avec des fenêtres donnant sur le stade de Maracanã. Plus près du boulot, déclara Xerxes qui, en réalité, avait dû abandonner le foot à cause d'une blessure au genou. Il m'avait paru effectivement un peu trop gros, il avait le visage enflé, mais se disait impatient de reprendre l'entraînement. Il se prétendait l'objet d'une injustice, il croyait qu'en 1950 le Brésil aurait gagné la Coupe du Monde si le sélectionneur ne lui avait pas préféré un empoté. En 1954 il avait eu des ennuis disciplinaires, mais pour la Coupe de 1958 il avait la certitude d'être sélectionné, il avait promis à mon petit-fils de rapporter à la maison un trophée de Suède. En attendant, il sortait tous les soirs avec ma fille, elle avec du rouge à lèvres très vif et lui toujours tiré à quatre épingles, chaque semaine Maria Eulália lui achetait une cravate, des mocassins, un costume en gabardine. Et pour moi c'était une nouveauté de prendre le frais dans les rues de la Zone Nord, parfois je poussais une pointe jusqu'au centre-ville. Je me promenais aussi dans la Quinta da Boa Vista, mais la décadence de l'ancien Palais impérial, que mon grand-père avait fréquenté assidûment au temps de dom Pedro II, me faisait de la peine. À la nuit tombante, je m'en revenais par des chemins mal éclairés où je ne risquais pas de tomber sur quelqu'un de ma connaissance. À Copacabana, on me faisait déjà grise mine parce que je donnais asile à un joueur de football à moitié indien, de plus je n'arrêtais pas de recevoir des plaintes de la copropriété à cause des criailleries nocturnes dans mon appartement. Car lorsque Xerxes buvait, il se mettait à battre ma fille, mais dans les quartiers plus populaires ce genre de scènes est courant, ça ne scandalise personne. Lors de ces nuits turbulentes, Eulálio se réfugiait chez moi, je lui avais d'ailleurs attribué l'autre chambre car il était trop grand pour dormir dans mon lit. Simplement, je n'avais pas prévu que Maria Eulália elle aussi finirait par nous rejoindre, après que Xerxes avait failli lui trancher la gorge avec un couteau. Ce brigand continua à habiter porte à porte avec nous, il accueillait des gourgandines dans l'appartement de Maria Eulália pour des nuits d'eau-de-vie, de boléros et de bagarres. Et quand il vit arriver l'officier de justice avec l'ordre d'expulsion, il réagit à coups de feu. Il n'accepta de restituer les clefs que contre remise de la moitié de la valeur du bien immobilier que ma fille vendit pour combler un trou dans son compte bancaire. Pareils événements, pour douloureux qu'ils fussent, servirent à rapprocher notre famille, le soulagement d'Eulálio en voyant sa mère bien paisible dans un lit à côté du sien était perceptible. Et elle, naturellement, s'attachait de plus en plus au gamin, rien qu'à sentir sa présence nuit après nuit, absorbé qu'il était par ses lectures à la lumière de sa lampe de chevet. Mais elle ne l'interrompait pas par des rabâchages maternels, elle ne l'importunait pas avec des baisers et des caresses, ni avec des regards chargés d'appréhension, j'ai l'impression que Maria Eulália aimait son fils d'une façon olfactive. Et elle perdit la raison quand il disparut dans le vaste monde, Eulálio changea de nom, on raconte qu'il n'avait peur de rien, qu'il était parti, résolu à affronter les Forces armées. Maria Eulália n'a plus jamais bien dormi, elle sortait tous les matins en quête de mauvaises nouvelles et elle ne revenait que tard le soir avec des rumeurs effrayantes. Un jour, de très bon matin, j'entendis du tapage à notre porte et j'allais déjà appeler la police, croyant que c'était Xerxes, pris de l'envie de battre ma fille. Mais c'était la police, vingt agents enfoncèrent la porte de l'appartement, flanquèrent une pagaïe monstre, secouèrent physiquement Maria Eulália et me débitèrent des grossièretés. Et la pauvrette, qui vivait déjà dans l'angoisse, resta pétrifiée devant moi le jour où le téléphone sonna pour moi, à qui personne ne téléphonait jamais. Un certain colonel Althier demanda si j'étais bien Assumpção, il me traitait avec une certaine camaraderie. Colonel Adieu? demandai-je, la ligne était très mauvaise, pleine de parasites. Althier, colonel Althier, dit l'homme, qui voulait confirmer ma parenté avec un individu nommé Eulálio d'Assumpção Palumba. C'est mon petit-fils, répondis-je, mon unique petit-fils, et le colonel m'adressa ses félicitations, il avait de bonnes nouvelles pour moi. Des bonnes nouvelles, répétai-je, et Maria Eulália se mit à trembler de tout son corps, l'espoir de retrouver son Eulálio renaissait en elle. Toutefois, le colonel me félicitait pour le fils d'Eulálio, nouvellement né dans l'hôpital de l'Armée, cinquante centimètres, trois kilos et demi. Le bébé devrait être confié à ses parents les plus proches, puisque sa mère, connue seulement sous des noms fictifs, était malheureusement décédée en couches. Pour moi, l'arrivée au monde de l'enfant était indéniablement une bonne nouvelle, encore qu'un arrière-petit-fils nous semble toujours un être familier et en même temps aussi étranger que le fleuve de notre ville plusieurs lieues plus loin. Mais Maria Eulália était la grand-mère et nous savons tous comment sont les grand-mères, ce sont des mères devenues gâteuses. Eh bien, pas Maria Eulália. Peut-être parce que la nouvelle l'avait prise à contre-pied, elle l'a considérée comme une impudence, pour elle cet enfant était un attrape-nigaud. Dans son esprit, on lui refilait un petit garçon en guise d'objet de marchandage, dans le but de la faire taire pour compenser la disparition de l'autre. Maria Eulália ne voulait même pas m'accompagner à l'hôpital, si cela n'avait tenu qu'à elle, le bébé serait resté là-bas. Mais je lui fis comprendre que nous pourrions atteindre Eulálio par l'intermédiaire de cet aimable colonel, jusqu'alors les autorités ne s'étaient sûrement pas rendu compte qu'elles avaient affaire à une famille aussi importante. Une fois confirmé le soupçon que le jeune homme était emprisonné dans quelque cul-de-basse-fosse, en proie à d'éventuelles coercitions, il était évident qu'il serait bientôt libéré. Nous serions également avertis au cas où il lui serait arrivé un accident, comme nous le craignions, mais ainsi à brûle-pourpoint le colonel ne disposait pas d'informations précises. Il promit de nous téléphoner, sans convaincre Maria Eulália qui transféra le berceau de son petit-fils dans ma chambre sans même daigner le nourrir. C'était à moi à mélanger le lait en poudre dans son biberon qui lui donnait la colique, la dysenterie, le bébé se déshydratait, je dépensai une fortune avec le pédiatre. Mais rien ne faisait fléchir la grand-mère, pas même la ressemblance du petit avec son père, pas même le vilain nez tout craché des Palumba, ce qui à ses yeux était une nouvelle imposture. J'avais pensé lui faire plaisir en enregistrant l'enfant sous le nom d'Eulálio d'Assumpção Palumba Júnior, en hommage à son père. Cependant, elle se référait à son petit-fils en l'appelant uniquement celui-là : celui-là est assommant, celui-là pue, ma fille avait perdu beaucoup de sa délicatesse depuis qu'elle avait fréquenté des gens mal embouchés. Un jour elle débarqua à la maison en compagnie d'une femme chaussée de sandales, avec des cheveux blancs en bataille. Toutes les deux firent irruption dans ma chambre sans me demander mon autorisation, elles ouvrirent mon armoire, retirèrent des cintres les robes de Matilde, l'une après l'autre. Putain, s'exclamait la vieille, putain, et à sa voix je reconnus l'amie de ma fille, une artiste peintre qui s'occupait maintenant de théâtre. Elle projetait de monter une pièce libertaire, mais située dans les années 20, afin de tromper la censure alors en vigueur, et pour les costumes elle trouvait que ces robes étaient particulièrement appropriées. Là, c'en était un peu trop. Je l'envoyai au diable et avec Maria Eulália je me montrai inflexible, exposer les vêtements de ma femme sur une scène de théâtre serait un affront à sa mémoire. Maria Eulália tapait du pied, elle prétendait que les dépouilles de sa mère lui appartenaient autant qu'à moi. Et d'ailleurs, disait-elle, garder chez soi les robes d'une schizophrène attire le malheur. C'est l'histoire habituelle, on croit savoir quelque chose et on ne sait rien du tout, quelqu'un était allé raconter à Maria Eulália que sa mère avait fini ses jours dans un asile d'aliénés. Je pris alors ses mains, je la regardai dans les yeux et lui révélai qu'en nous abandonnant Matilde s'était rendue secrètement dans un sanatorium à l'intérieur de l'État où elle devait mourir ensuite de tuberculose. Elle y était entrée sous une fausse identité pour éviter qu'elle, Maria Eulália, soit envoyée par les services d'inspection sanitaire dans un préventorium où l'on isolait à l'époque les phtisiques. D'ailleurs, nous pourrions visiter sa tombe dans le cimetière São João Batista, mais Maria Eulália avait sa première répétition, elle s'était mis dans la tête de devenir actrice. Et l'artiste peintre montait déjà pour l'aider à transporter les robes de Matilde, subtilisant au passage le portrait de mon grand-père, car elle estimait qu'il donnerait une touche burlesque à la scène. Maria Eulália consacra des journées entières aux répétitions sur la scène, le soir elle s'enfermait dans la chambre avec son amie pour potasser ses répliques. Je ne saurais dire si elle avait vraiment la moindre fibre artistique et il est évident qu'on n'a jamais entendu parler d'un Assumpção dans le monde du spectacle. Quoi qu'il en soit, je me réjouissais pour elle, il était temps que ma fille adoucisse un peu son deuil, elle ne pouvait pas continuer à vivre à quarante ans bien sonnés sans une occupation ou un objectif dans la vie. Et elle faisait des exercices pour placer sa voix et des gargarismes, et son anxiété grandit encore davantage quand l'artiste peintre décida d'étrenner le spectacle au Chili, où le public était plus politisé. Un festival de théâtre de protestation avait lieu à Santiago et Maria Eulália employa les économies qui lui restaient à financer le voyage de la troupe. Mais au dernier moment elle fut remplacée par une actrice professionnelle et ce fut une chance pour elle, car aussitôt après un conflit de tous les diables éclata dans ce pays. Et en apprenant que des politiciens, des prolétaires, des étudiants et même des artistes de théâtre avaient été jetés en prison, je pris peur pour les robes de Matilde, je pressentis que je ne les reverrais plus jamais. Des malheurs, marmonnait Maria Eulália, les robes de la folle attirent des malheurs. Ma fille avait contracté le tic de parler toute seule depuis qu'elle apprenait par cœur ses monologues théâtraux. Et son petit-fils pensait, chaque fois, qu'elle s'adressait à lui, il balbutiait pour lui répondre et la suivait partout. Le petit faisait tout son possible pour attirer son attention, mais elle ne fut même pas impressionnée quand la peau de l'enfant commença à noircir. Du jour au lendemain ses cheveux devinrent crépus, son nez en forme de patate s'épaissit encore davantage et, plus l'enfant devenait noir, plus j'étais troublé par la sensation de connaître son visage de quelque part. C'était curieux, car à part le Noir Balbino et plusieurs autres serviteurs, je n'avais pas beaucoup de personnes de cette race parmi mes relations et je n'avais jamais vu non plus la mère de l'enfant, celle aux noms fictifs. Et logiquement la couleur du petit venait d'elle, je ne pouvais m'attendre à ce qu'un petit-fils communiste s'unisse à une fille ayant un pedigree. Mais voyons, papa, déclara Maria Eulália, il est visible que celui-là tient de ma mère mulâtresse. Je ne sais pas qui avait colporté à ma fille autant de médisances, Matilde avait la peau presque café au lait, mais jamais elle n'avait été une mulâtresse. Elle avait tout au plus une ascendance mauresque, par le biais de ses ancêtres ibériques, peut-être quelque lointain sang indigène. De Matilde, l'enfant avait seulement hérité un goût pour les musiques vulgaires, il lui suffisait d'entendre la radio du voisin pour balancer tout son corps. Un enfant éveillé, je lui obtins une bourse d'études dans mon ancien collège de curés.

Cependant, le jour où je l'emmenai pour l'inscrire, une effervescence se produisit au secrétariat et un ratichon à moitié pédé vint s'excuser auprès de moi, il n'y avait plus de place vacante pour Eulalinho. Je l'inscrivis dans une école publique, où il lui faudrait coexister avec des gens d'une autre strate sociale, mais je fis en sorte qu'il ne perde pas de vue ses racines. Je lui montrais les photos dans le secrétaire, son trisaïeul avec les rois de Belgique, le père de son trisaïeul de dos marchant à Londres, mais il ne voulait pas entendre parler de vieilleries. Il m'accompagnait chez les bouquinistes par gentillesse, mais il restait à l'extérieur, mains dans les poches. Le garnement n'avait même pas encore de duvet quand je remarquai qu'il passait son temps à lorgner les femmes sur l'avenue. Et je fus parcouru d'un frisson, car de biais, avec un simple mouvement de la tête il incarna mon père. Il regardait les femmes absolument comme mon père, pas de façon dissimulée, ni lascive, encore moins suppliante, mais avec sollicitude, comme s'il répondait à un appel. Les femmes lui en étaient reconnaissantes et, le moment venu, elles commencèrent à venir le chercher à la maison, c'est à force de tellement dormir sur le divan du salon que Maria Eulália devint bossue. Au son de sambas, de rumbas, de rock and roll, Eulálio s'amusait dans la chambre avec des petites bonnes du quartier, des caissières de supermarché, il fit même la cour à une Orientale, serveuse dans un bar à sushis. Il ramenait aussi des collégiennes, un jour je le vis entrer avec une jeune fille bien blanche, parfumée, à la démarche gracieuse. Cette fois-là je collai l'oreille à un verre contre la paroi de mon côté, curieux d'entendre ses gémissements, je voulais connaître leur mélodie. Sous un rythme de tam-tam je distinguai sa cantilène triste, aiguë, qui céda soudain la place à des cris gutturaux, baise-moi, le nègre! encule-moi, le nègre! Et je ne suis pas homme à me scandaliser pour un rien. Mais quand je la croisai, je me vis dans l'obligation de lui dire, le nègre là-bas est le descendant de dom Eulálio Penalva d'Assumpção, conseiller du marquis de Pombal. Ensuite je me reprochai mon ingérence, car si je devais juger les femmes d'après ce qu'elles disent au lit, Matilde elle aussi était loin d'être une sainte. Et ce n'était pas non plus tous les jours que débarquaient chez moi des filles à la hauteur de mon arrière-petit-fils. La jeune fille habitait sur la plage de Copacabana avec sa grand-mère, laquelle ne tarda pas à manifester le désir de m'inviter à prendre le thé chez elle. Et j'eus du mal à en croire mes yeux en lisant sa carte de visite avec, sous le nom d'Anna R. S. V. P. de Albuquerque, l'ancienne adresse de mon chalet. De la fenêtre de mon immeuble voisin, j'avais assisté à la démolition du chalet, j'avais vu avec un sentiment de pudeur le toit de la chambre que je partageais avec Matilde être arraché, j'avais vu notre dallage se fissurer, nos murs s'écrouler dans la poussière et les fondations être démolies à coups de pioche. Un édifice moderniste s'était élevé à sa place et j'avais pris pour une délicatesse de l'architecte la construction sur pilotis, afin de ne pas enterrer à tout jamais mes souvenirs. Au temps où j'habitais à côté, je passais toujours sous l'espace vide de l'immeuble, j'adressais un signe aux gardiens, je leur recommandais parfois de balayer les feuilles ou de brosser les colonnes. Or maintenant il y avait des grilles sur le trottoir, un interphone et un portier pétulant me demanda qui souhaitait voir madame Albuquerque. Quand je passai devant lui, cette face de Nordestin me dévisagea de haut en bas, peut-être n'avait-il jamais vu de monsieur portant un gilet et un paletot en tweed. Et quand je me trouvai face à la dame, ce fut seulement par miracle que je pus reconnaître à travers une cascade de rides les traits d'Anna Regina, la sœur cadette de Matilde. Je m'enquis de la santé de ses parents, décédés depuis plus de trente ans, et m'abstins de mentionner ses sœurs aînées. Je lui fis juste remarquer que son fauteuil, placé en diagonale par rapport à la fenêtre, était exactement dans la même position que la chaise sur laquelle Matilde se balançait avec sa fille, sauf que c'était onze étages plus haut. Mais ma belle-sœur n'était pas d'humeur à bavarder et pendant que la bonne servait le thé, elle m'ordonna en français d'éloigner Eulálio de sa petite-fille. Elle me demanda si je prenais du sucre ou un édulcorant et déclara qu'il serait superflu de m'expliquer pourquoi. En rentrant chez moi, j'alertai Eulálio au sujet des risques d'une union consanguine, encore que la jeune fille fût une cousine éloignée. Mais il ne savait pas de quoi je parlais, l'idée de se marier ne lui était jamais passée par la tête. Et il fréquentait déjà d'autres donzelles, depuis des filles semi-vierges jusqu'à des femmes peut-être mariées, qui entraient dans l'appartement en détournant le visage. Jusqu'au soir où je répondis à la première sonnerie du téléphone, je n'avais pas renoncé à attendre un appel du colonel Althier. Un commissaire de police voulait savoir si c'était la résidence d'Eulálio d'Assumpção Palumba Júnior. Je courus au motel Tenderly où mon arrière-petit-fils nu gisait à plat ventre sur une descente de lit à l'odeur nauséabonde. D'après le commissaire, les employés du motel avaient soupçonné qu'il s'agissait d'un enlèvement en voyant entrer une appétissante femme de quarante ans dans une voiture de luxe avec sur le siège à côté d'elle un jeune d'apparence modeste. Ils hésitaient à appeler la police quand ils entendirent six coups de feu, et ils n'eurent pas le temps de noter le numéro d'immatriculation de la voiture qui démarra en trombe. Ils se précipitèrent pour secourir la dame et quelle ne fut pas leur surprise en découvrant le corps du délinquant supposé. Le commissaire n'avait pas besoin de m'agripper par le bras car je n'allais pas déplacer le garçon, je voulais juste nettoyer avec mon mouchoir le sang sur ses lèvres charnues. Ses vêtements, que les services techniques avaient déjà fouillés, à la recherche de produits toxiques, recueillant quelque menue monnaie, des clefs, un agenda téléphonique et la carte d'identité, se trouvaient au pied du lit. Maria Eulália choisit de ne pas m'accompagner au cimetière São João Batista. Les fossoyeurs étaient de mauvaise humeur, et quand le cercueil heurta lourdement le fond de la fosse, le bruit sourd me parut sonner le glas de la lignée des Assumpção. Pour moi c'était désormais la fin, ça suffisait comme ça.

21

Mais tu as omis des péripéties fondamen-
tales dans ma vie. Tu es tellement absente que
lorsque tu compileras mes mémoires tout sera
décousu, sans queue ni tête. Ça semblera digne
d'un fou si je te raconte que j'ai envahi le Palace
Hotel à l'aube, j'ai tambouriné contre la porte du
Français et j'ai crié d'une voix altérée, police! Le
salaud m'a ouvert la porte sans chemise, en
sueur, claquant des mâchoires, comme en proie
à un accès de paludisme. Et au fond de la
chambre, dans la lumière rouge de l'abat-jour,
j'ai aperçu ma femme couchée, jambes croisées,
sa robe orange jetée sur une chaise. J'ai vu
Matilde, joues rougissantes, dans le lit de Dubosc,
nue, extatique, si exactement comme je l'imaginais que j'étais peut-être encore en train de
l'imaginer. Car j'étais sûrement arrivé à l'hôtel
avec une idée fixe et, étant entré hors d'haleine
dans la chambre, je n'avais pas eu le temps de
la faire coïncider avec la réalité. En vérité, la
lumière de la lampe était bleutée et sur le dos-
sier de la chaise il y avait une chemise marron.

Mais la silhouette de la femme toute recroquevillée dans un coin du lit, qui recouvrait son corps avec la courtepointe, qui dissimulait bêtement la moitié de son visage avec le drap, ne pouvait appartenir qu'à Matilde. La salope, ai-je pensé, la pute, ai-je pensé, la chienne, mais je l'ai pensé avec moins de force, il était difficile d'insulter ma femme sans me blesser moi-même encore davantage. Ma seule consolation était de me dire que Matilde n'était qu'une enfant, qui tirait maintenant le drap pour cacher ses yeux, laissant dehors ses pieds menus. Une petite fille de Copacabana qui n'avait même jamais jeté les yeux sur un navire de près, et moi, crétin, je l'incitais en lui désignant l'océan : voilà l'*Arlanza*! le *Cap Polonio*! le *Lutétia*! Et le matin venu, elle avait l'intention d'embarquer à bord du *Lutétia* au bras du Français qui, à ses yeux, était un grand monsieur, un citoyen du monde. Je la voyais déjà, ébahie de voyager dans une cabine pour couple, sous les espèces fallacieuses de madame Dubosc, avec siège permanent à la table du commandant. Elle serait exhibée par son amant dans les salons parisiens, comme plusieurs siècles plus tôt des Indiens Tupinambas à la cour de France, elle enchanterait la métropole avec son maxixe, son français bizarre et sa beauté métisse. Et à elle les bateaux-mouches, la tour Eiffel, la *Joconde*, quelques flocons de neige, et très vite elle croirait avoir assisté à pratiquement tout dans la vie. Alors l'hiver se prolongerait, les jours raccourciraient, et Matilde, esprit simple, dans le jardin du

Luxembourg se prendrait à rêver de la petite place avec les balançoires à Copacabana. Au lieu de savourer une sortie au théâtre ou au café-concert, elle irait se coucher tous les soirs en se faisant du souci pour sa fille qui, à l'heure de Rio, devait être avec sa bonne sur la plage, ou en train de faire un tour de manège sur la place, ou de téter sa nourrice. Et par un réflexe, son lait deviendrait encore plus abondant et plus doulou-reux à extraire des mamelons gercés par le froid. En répandant son lait dans le lavabo, Matilde pourrait pleurer à chaudes larmes, mais je doute que le Français accoure pour la consoler. Le pre-mier élan passé, Dubosc se révélerait sûrement être un amant avare, mesurant les caresses et le chauffage et qui, même au lit, la vouvoierait. Mais ce ne serait pas facile non plus pour lui de vivre avec une femme qui sifflait pour appeler les serveurs, qui sautait par-dessus les tourniquets du métro et insistait pour prendre un bain tous les jours. Choisi par la Compagnie pour entre-prendre une nouvelle mission, dans quelque pays à la langue compliquée et aux coutumes étranges, aux femmes énigmatiques, Dubosc se rendrait compte qu'il était grand temps de rapatrier la Brésilienne. Et Matilde ne verrait pas d'inconvé-nient à revenir de son aventure inconsidérée en troisième classe, escomptant un pardon rapide de la part de son mari. En arrivant, elle met-trait de l'ordre dans la maison, commanderait un nettoyage général, interdirait les ragots dans la cuisine et renverrait la nourrice. Eulalinha ne s'étonnerait pas de sa poitrine, gourmande comme elle était, elle téterait comme si sa mère avait de nouveau changé d'odeur. Et pendant qu'elle allaiterait, Matilde rirait en m'imaginant nostalgiquement désireux de passer ma langue sur ses mamelons humides. Mais j'avoue que le lait me donnait la nausée depuis que je l'avais vu gicler sur les bords du lavabo, ses résidus jaunâtres se coagulant sur la porcelaine blanche, son odeur devenant aigre. Je m'arrêtai un instant devant ce mystère, et lorsque j'allai demander des explications à Matilde, je ne la trouvai pas dans sa chambre. Je voulus encore croire qu'elle s'était précipitée à la recherche de sa fille pour la faire profiter de cette lactation inattendue, car Matilde était femme à donner le sein en pleine place publique. Mais elle n'était ni sur la place ni nulle part et j'abordai la nuit seul avec mes supputations. Car Matilde n'avait jamais été femme à sortir seule quand il faisait noir et très bientôt la petite se réveillerait affamée. Et pour moi, il était inconcevable que sa mère la prive du lait qu'elle avait en trop pour le répandre dans le lavabo. Je ne sais d'ailleurs pas où tenait tant de lait car ses seins n'étaient pas gros. Mais même cachés, un regard suffisait pour en deviner la luxuriance, Dubosc peut bien le dire. Sur la plage il ne quittait pas des yeux le buste de ma femme, il ne se gênait pas pour la suivre chaque fois qu'elle rentrait à la maison avec la petite. À cause d'une urgence urinaire, d'un besoin de reprendre de la boisson, tous les prétextes étaient bons pour contempler les seins ronds de Matilde, qui allaitait sans cérémonie au milieu du salon. Je parie que l'aventure a commencé ainsi, Dubosc émerveillé par la blancheur surprenante des seins de Matilde, jaillissant d'une gorge aussi brune. D'où ses visites au chalet à mon insu, quand il l'abordait sans doute avec des compliments et des privautés. Il devait la harceler sans trêve, estimant que le fait qu'elle lui cache les deux joyaux qu'il avait déjà eu l'occasion d'admirer dans d'autres circonstances était un entêtement puéril de sa part. Pour en finir avec ce harcèlement, je suppose qu'un jour Matilde avait enfin consenti à ouvrir sa blouse devant lui dans un coin du salon. Et voilà, ça ne lui en avait pas tellement coûté de satisfaire ce Français assez effronté qui avait l'âge d'être son père et qui avait eu l'exclusivité de lorgner, quelques secondes durant, ses seins très blancs, ronds et luxuriants. Matilde en était fière et elle n'avait vu aucun inconvénient majeur à les montrer encore une ou deux fois, elle n'avait pas pu éviter non plus qu'il les touche parfois légèrement, pour s'assurer de leur consistance. Et quand elle avait repris ses esprits, elle palpitait de peur, écrasée contre le mur sous l'escalier, tandis que des baisers pleuvaient autour de ses seins et qu'elle tentait de défendre l'honneur de leurs mamelons durcis. Mais après les avoir cédés, elle ne fut plus en mesure de refuser les invitations à des visites intimes au Palace Hotel. Dubosc avait voyagé en Orient, il avait fréquenté les bordels de Birmanie et du Siam, il pelotait sûrement les seins avec un art qui m'était inconnu. Il avait perverti de la sorte ma femme, qui n'attendait pas d'être invitée pour s'échapper de la maison pantelante et se rendre à de plus en plus de rendez-vous vespéraux. Et peut-être au retour se sentait-elle indigne de sa fille, elle n'allait pas lui donner un sein aussi souillé. Ou peut-être avait-elle déjà été engrossée par le Français et depuis lors réservait-elle sa poitrine aux lèvres de son enfant à lui. Et ces robes ténébreuses que ma mère lui avait données, qui lui couvraient les bras et lui fouaillaient les tibias, elle les endossait à la maison pour se garder immaculée de moi, puisque désormais elle devait rester fidèle à un amant possessif. Et le personnel de l'hôtel n'osa pas m'empêcher d'entrer, il était clair que j'enverrais au tapis le moindre gêneur. Dans mon impétuosité j'enfoncerais la porte du Français d'un coup de pied. J'enfoncerais même une porte de coffre-fort, comme un alcoolique ouvre une bouteille avec les dents, comme un alcoolique désire de l'alcool avec furie, tel était mon état d'esprit. Je bourrai la porte de coups de poing, je criai « police », et le pleutre me reçut en tremblotant, j'écartai d'une seule main son corps massif. J'aperçus Matilde au fond de la chambre qui se couvrait la tête avec le drap, comme si je ne reconnaissais pas la plante crasseuse de ses pieds si amoureux de la plage. Comme si je n'étais pas au courant du départ du *Lutétia* le matin de ce samedi-là et de son projet d'embarquer au bras du Français, un monsieur éminent, un citoyen du monde. J'avançai alors vers ma femme, décidé à la ramener à la maison en la traînant par les cheveux, nue comme elle était, pour la déconsidérer aux yeux des portiers de l'hôtel et des ivrognes sur l'avenue. D'une saccade, j'arrachai le drap dans lequel elle s'entortillait et je découvris la femme du médecin. J'avais la certitude de démasquer Matilde et ce fut avec répulsion que j'aperçus les chairs molles de l'épouse du médecin. Elle se voila le visage avec les mains en pleurnichant et le Français me traita de sauvage, de maniaque et de détraqué. J'allais lui répondre vertement, mais il ne le méritait même pas, ce type ne pouvait pas se mesurer avec moi. Un fanfaron, un charlatan, un homme à qui Matilde ne se donnerait sûrement pas. Un individu qui abusait d'une femme aux seins flétris pour le plaisir de nuire à son meilleur ami. Il fallait que Matilde soit mise au courant, je la réveillerais pour lui raconter la prise en flagrant délit, mais à mon retour elle n'était pas encore revenue à la maison. Je m'étendis donc sur le canapé, je fermai les yeux et j'écoutai la mer, comme je le faisais tous les soirs jusqu'à m'endormir. Comme Matilde et moi l'avions fait au réveil de notre première nuit, je n'avais encore jamais dormi auparavant face à la plage. Et désormais je rattachai une chose à l'autre, la respiration de Matilde appelait les vagues, qui lui répondaient en déferlant. Le fait de passer une nuit sans Matilde me semblait aussi improbable que la cessation subite du déferlement de toutes les vagues. Mais voici que j'entendis un coup avec un son plein, comme si la mer frappait à ma porte, et quand j'ouvris les yeux le jour pointait.

Je sortis dans la rue, la plage n'existait plus, les eaux recouvraient le sable et les vagues se brisaient sur la chaussée en soulevant de gigantesques éventails d'écume. Elles faisaient un tel vacarme que j'eus du mal à entendre une automobile couverte de boue qui arrivait en klaxonnant devant mon portail. C'était le médecin, que je fis entrer à contrecœur car ce n'était pas une heure pour rendre visite à qui que ce soit et j'avais déjà assez de problèmes comme ça. Et par-dessus le marché il me demanda à boire, il avait les yeux rouges, visiblement il n'avait pas dormi. Il avait dû errer dans la ville, comme halluciné, il ne me manquait plus qu'il croie que sa femme était avec moi. Mais non, il venait me faire ses adieux et me remercier de mon hospitalité car il allait embarquer à bord du *Lutétia* ce matin même. Et il poursuivrait son voyage jusqu'à Constantinople d'où parvenait la nouvelle d'une épidémie de fièvre typhoïde. Par ailleurs, Eva mourait d'envie de connaître le Moyen-Orient, déclara-t-il. Eva avait adoré le Venezuela, Eva avait aimé le Guatemala, Eva avait raffolé du Paraguay, il disait toujours que pour Eva il aurait fixé sa résidence dans n'importe lequel de ces trous-là. Il avala une gorgée de cognac et dit, le Brésil va beaucoup manquer à Eva. Il s'excusa de passer ainsi en courant, mais plusieurs imprévus avaient précipité son départ et la nuit dernière il s'était attardé sur des routes détestables dans l'intérieur de l'État. Dubosc récupérerait une Citroën immonde et sans amortisseurs, déclarat-il avec un sourire torve, mais vu les misérables cinquante mille *réis* qu'il avait déboursés il n'avait pas à se plaindre. Le médecin consultait sa montre, disait être en retard, faisait mine de partir, mais ne partait pas, il semblait ruminer un sujet embarrassant. Je pense qu'il savait très bien avec qui sa femme couchait, comme il avait dû le savoir au Panamá, en Guyane française et je ne sais où encore, comme il le saurait en Turquie et ailleurs. Il bourlinguait dans le monde comme s'il traînait une épouse souffrant d'une maladie incurable, mais sa vie ne me concernait pas. J'aurais détesté qu'il me choisisse pour confident, qu'il se mette à me révéler ses misères en me regardant dans les yeux, j'ai horreur de ça. Mais au moment où Eulalinha se mit à beugler à l'étage du dessus, il avala le reste du cognac, me fit face et se déclara convaincu que Matilde se remettrait sans séquelles majeures. Il venait de la faire interner dans un sanatorium situé dans une région montagneuse où le climat était sec, où des collègues hygiénistes s'occuperaient spécialement d'elle, l'éloignant de malades de basse extraction. Il déclara qu'elle avait résisté jusqu'au dernier jour à accepter la thérapeutique, mais tu as déjà dû entendre cette histoire avant. Avec l'âge les gens ont tendance à répéter de vieux souvenirs, et ceux que nous aimons le moins remâcher sont ceux qui persistent dans l'esprit avec le plus de netteté. Maintenant, j'ai besoin de mes anesthésiques, mes douleurs dans la poitrine se sont de nouveau aggravées, je sens que je ne passerai pas la nuit. S'il y a un prêtre dans le coin, envoyez-le-moi pour qu'il m'entende en confession, car je

156

vis dans le péché depuis le jour où j'ai connu ma femme. Je ne sais pas si je t'ai déjà raconté comment je péchais en pensée jusque dans l'église, au temps où j'allais encore à la messe, mais je suis baptisé et j'ai droit à l'extrême-onction. Je suis même enclin à croire à la vie éternelle et je suis persuadé que Matilde m'attend, bien qu'au catéchisme on ne m'ait jamais vraiment expliqué la résurrection de la chair. Car j'ai été jadis un jeune homme fringant et il ne me paraît pas juste d'aborder l'éternité dans mon état actuel de décrépitude, à côté d'une Matilde adolescente. Sauf que je ne sais pas comment elle était quand elle est partie, car elle ne voulait pas qu'on la voie, elle refusait les visites. D'après le médecin, Matilde lui avait fait jurer sur la Bible de ne pas me révéler où elle était, mais ce passage n'a pas besoin de figurer dans mes mémoires, car il s'agit de faits incertains, auxquels je n'ai pas assisté. En apprenant la nouvelle, j'ai été frappé d'étourdissement, j'ai passé des jours et des jours prostré, j'ai beaucoup pleuré, j'ai eu de la fièvre, des sueurs nocturnes, des accès de toux, horrifié, je me suis persuadé que moi aussi j'avais le poumon rempli de bacilles. Toutefois, par la suite j'ai commencé à avoir des doutes sur le récit du médecin, car je ne me souvenais pas que Matilde eût toussé, et la femme qui lavait le linge m'aurait alerté si Matilde avait craché du sang. Je me méfiais de ce docteur, non pas parce qu'il était juif, mais pusillanime, sa femme n'aurait eu aucun mal à l'inciter à me raconter n'importe quelle baliverne. Eva avait été une compagnie

pernicieuse pour Matilde, depuis le début elle lui
avait bourré le crâne de chimères. Elle lui parlait
certainement de sa jeunesse dans le Paris de la
Belle Époque avec un mari complaisant et sans
enfants pour la gêner. Maintenant, à quarante
ans bien vécus, il se peut qu'à défaut d'une fille
elle se voie incarnée dans ma femme, sa façon de
la regarder sur la plage, la splendeur de son corps
émergeant de l'onde, ne m'avait pas échappé.
Eva aurait couvert avec joie une aventure de
Matilde et ce soupçon me fit bondir de mon lit.
Plutôt que d'imaginer Matilde confinée dans un
sanatorium, il était mille fois préférable d'arpen-
ter la ville et de pressentir sa silhouette à chaque
fenêtre de gratte-ciel. Je finirais forcément par
tomber sur elle un jour, quand bien même des
années passeraient, quand bien même elle serait
en train d'embrasser un autre. Et si un jour je
rencontrais Matilde avec un autre, plutôt que la
regarder elle je regarderais l'autre, j'avais besoin
de savoir comment était cet homme pour donner
une consistance à ma jalousie. Je pensais constamment à cet homme, j'ai souvent rêvé de lui la
nuit, mais en me réveillant je ne parvenais pas à
lui attribuer une forme humaine. Je ne pouvais
même pas haïr un individu qui ne m'avait pas
insulté, qui n'était pas entré chez moi, qui n'avait
pas fumé mes cigares, qui n'avait pas violé ma
femme. Et peu à peu je me disposai à l'accepter,
je m'efforçai d'imaginer qu'il avait une âme déli-
cate, qu'il veillerait sur Matilde en mon absence.
J'imaginais un homme qui s'adresserait à elle
uniquement avec des mots que je n'avais jamais

employés, qui veillerait à toucher sa peau là où je ne la touchais jamais. Un homme qui coucherait avec elle sans prendre ma place, un homme qui se contenterait d'être ce que je n'étais pas. Si bien que Matilde penserait à moi chaque fois qu'elle regarderait autour de lui et elle nous verrait tous les deux en rêve en même temps, sans comprendre qui était à l'ombre de qui. Et en se réveillant, peut-être se souviendrait-elle vaguement d'avoir seulement rêvé du dessin en noir et blanc des ondulations sur la mosaïque du trottoir à Copacabana. Le trottoir où jadis elle sautillait comme si elle jouait à la marelle car elle ne pouvait marcher que sur les pierres blanches. Et où maintenant j'avançais en titubant, en m'emmêlant les jambes, car dès qu'un pied effleurerait les noires je tomberais en enfer. Je pense que l'enfer était la maladie de Matilde.

22

Patience. Un jour ou l'autre mon tour arrivera
fatalement. S'il vous plaît, messieurs, soyez pru-
dents en me déplaçant car j'ai une fracture du
fémur avec une calcification précaire. Inutile de
menacer mes compagnons de salle, personne ici
n'intercédera pour moi. Mon père est mort, mais
ma mère a de l'argent à la banque et un patrimoine familial. Je connais par cœur son téléphone, c'est le numéro de mon enfance,
demandez à la téléphoniste : SUL 1403. Toutefois, il faudra que quelqu'un dans le groupe parle
français, car maman refusera de répondre en
portugais. J'ai aussi une fille, qui est mon héri-
tière universelle, elle m'a déjà fait mettre tous
mes biens à son nom pour en faciliter l'inven-
taire. Mais Maria Eulália ne donnera pas un
traître sou pour moi, même si vous lui envoyez
une de mes oreilles par la poste. Parce qu'elle
n'a plus dans quoi puiser, elle a transmis récemment son héritage à mon arrière-arrière-
petit-fils. Celui-là, vous le connaissez peut-être,
Eulálio d'Assumpção Palumba Neto, bourreau

des cœurs, avec des cheveux clairs ondulés, ses yeux bleus rappellent à Maria Eulália ceux de mon grand-père sur un portrait à l'huile qui s'est perdu. Entre nous, j'ai des doutes quant à l'ascendance du garçon, qui passe pour être le fils posthume de mon arrière-petit-fils Eulálio. Vous allez tomber sur le cul, mais mon arrière-petit-fils était aussi noir que le chef de votre équipe là-bas. Il avait eu une aventure passagère avec la mère de l'enfant, une fille très raffinée, pour laquelle je ne mettrais pas ma main au feu. À tout hasard, nous avons élevé le mouflet qui nous fut remis à domicile à sa naissance par le chauffeur particulier de madame Anna Regina de Souza Vidal Pires de Albuquerque. Cette mienne belle-sœur est la veuve d'un propriétaire d'usine, ex-gouverneur de Pernambouc, et elle habite à Copacabana face à la mer, dans un appartement bourré d'œuvres d'art, de saints baroques, d'oratoires dorés à la feuille d'or. J'ai conservé sa carte de visite quelque part, mais j'ai du mal à croire qu'elle accepte volontiers de payer la rançon. Je ne possède pas de carte de crédit ni de carnet de chèques, mais je suis sur le point de recevoir une somme coquette pour l'expropriation de ma ferme au pied de la montagne. Nous serons en mesure d'arriver à un accord financier raisonnable, peut-être fifty-fifty, dès que la bureaucratie libérera la somme. En attendant, peu m'importe de rester enfermé, à condition de disposer d'une chambre avec salle de bains et d'une provision de cigarettes. Mon alimentation est frugale, et n'importe quelle cachette pour otages offre une nourriture meilleure que celle de cet hôpital. Je ne chercherai pas à entrer en contact avec la police, je ne crierai pas au secours et il est évident que je ne suis pas capable de prendre la poudre d'escampette. Je vous avertis néanmoins que si quelqu'un ose porter un doigt sur moi, il aura affaire à mon arrière-arrière-petit-fils Eulálio. Pour beaucoup moins, il a bouté le feu à son école quand il était gamin et après avoir passé un certain temps dans une maison de correction il est devenu encore plus soupe au lait. Mais il n'a jamais cessé d'être le chouchou de son arrière-grand-mère, qui passait son temps à peigner ses boucles de peur qu'elles ne deviennent crêpelées. Et elle a haussé les épaules quand je l'ai informée que ce vaurien me volait, car par la suite je serais plus qu'indemnisé. Je ne sais pas quel avenir elle voyait en lui, qui était déjà un gaillard aussi grand que moi et qui n'avait même pas terminé ses études primaires. Mais elle prétendait que le grand gaillard avait besoin d'argent pour l'investir dans sa présentation personnelle, de façon à être accepté dans les cercles des jeunes gens bien nés. Me prévoyant déjà dans la pénurie, je coupai toute dépense superflue dans la maison, même pour dormir je ne lâchais pas mon portefeuille. Pourtant, le garçon continuait à s'acheter des vestes en cuir, des chaussures de tennis phosphorescentes, il arrivait toujours avec le dernier modèle de téléphone portable. Pris d'un soupçon, je m'approchai de la table de chevet de Matilde et voilà, ses bijoux avaient disparu. Je fus indigné, et ma fille eut encore le culot de m'affirmer que les brillants de sa mère n'étaient que de la vulgaire verroterie. D'ailleurs, déclara Maria Eulália, ça fait très plébéien de garder dans un tiroir les colifichets d'une suicidée. Je ne sais pas d'où elle sortait pareil blasphème, peut-être avait-elle lu en cachette les lettres que le médecin m'avait écrites de l'étranger. Dans l'une d'elles, si j'ai bonne mémoire, il mentionnait bien le fait que Matilde avait envisagé une solution extrême quand elle avait appris la gravité de sa maladie. Mais elle s'était noyée cette nuit-là parce que le temps avait été pris de folie, la mer avait enflé en une seconde et les vagues gigantesques avaient englouti tous les imprudents qui se trouvaient sur la plage. Ce fut ce que je dis à Maria Eulália et, cherchant son regard, je lui parlais de mes journées de veille au bord de la mer, de mes sursauts tard dans la nuit chaque fois qu'une vague déferlait. Et je lui avouai que plutôt que de voir le corps de Matilde rejeté sur la plage, Dieu sait avec quelles mutilations, je préférais finalement qu'elle reste enfouie à tout jamais au fond de l'océan. Et je fis graver symboliquement son nom sur le tombeau que ma mère avait fait ériger pour mon père, conformément au projet d'un sculpteur funéraire génois. Maman aussi serait ensevelie là, de même que mon arrière-petit-fils, et moi-même j'avais un espace réservé là-dedans pour quand Dieu me rappellerait à lui. Mais la dernière fois que j'étais allé au cimetière São João Batista, à la place du tombeau des Assumpção je trouvai une monstruosité en marbre lilas, habitée par un défunt avec un nom turc. Ce fut de la cruauté de la part de ma fille, je me serais trouvé moins expulsé si, au lieu de la sépulture, elle avait vendu notre appartement. Et je ne sais combien de fois je vous ai recommandé de me poser doucement sur le brancard, mon dos est plein de furoncles. Le docteur de la tomographie, qui me paraît être un garçon d'un certain niveau, est censé me mettre dans une chambre individuelle après le check-up, car je ne retourne pas dans cette porcherie. Mes compagnons ici se moquent de mes bonnes manières, mon langage soigné les offense, je sens une forte animosité dans l'air. Sans compter que tous les jours un nouveau malheureux est interné, l'endroit manque de ventilation, ça commence à sentir mauvais. Que mon arrière-arrière-petit-fils apprenne seulement comment on me traite ici, il a flanqué le feu à une boîte de nuit à Ipanema pour beaucoup moins. À l'époque, il n'habitait déjà plus avec nous, il avait loué un appartement à proximité de ses amis riches, à qui il rendait certains services. Il figurait même sur des photos avec cette bande de fêtards dans des revues que ma fille découpait et entassait sur le secrétaire, au-dessus de mes souvenirs de famille. J'étais justement en train de mettre de l'ordre dans mes papiers le jour où Eulálio est venu à la maison avec une petite amie qui s'appelait Kim. En jupe courte et le ventre à l'air, avec un anneau planté dans le nombril, c'était une brune extravertie qui m'embrassa aussitôt et me tutoya. Elle s'assit sur le bras de mon fauteuil et mes photos l'ont amusée. Le nom de Jésus Christ était tatoué en lettres gothiques à la hauteur de son coccyx. En voyant mon père coiffé d'un chapeau haut de forme en compagnie de ministres et d'ambassadeurs à l'exposition du Centenaire de l'Indépendance, elle crut qu'il s'agissait d'un congrès de magiciens. Je lui expliquai alors que papa avait été l'homme politique le plus influent de la Première République, je lui racontai que le roi Albert venait souvent de Belgique pour prendre conseil auprès de lui, je lui montrai même la reine Élisabeth sur une photo en la faisant passer pour ma mère. Et lorsque, dans mon élan, je lui dis que le Palais impérial était la maison de villégiature de ma famille, elle poussa un sifflement et dit « mazette »! J'étais inspiré et je lui en aurais dit davantage si Eulálio ne l'avait pas bousculée, il était venu uniquement pour prendre dans mon armoire des cache-col, des gants, mon cardigan en cachemire et un manteau en prince-de-galles ayant appartenu à mon père. Il allait en Europe pour affaires et je me demandais en quel diable de langue il se ferait comprendre, alors qu'il ne parlait même pas correctement le portugais. Mais la jeune Kim avait des notions d'anglais et Eulálio voyagea avec elle successivement à Paris, Madrid, Amsterdam, il gagnait de bonnes commissions pour son commerce. Il rapportait toujours un souvenir pour son arrière-grand-mère, il était affectueux avec elle, il l'emmena en promenade dans sa nouvelle jeep japonaise. Et elle me regardait d'un air victorieux, car le grand gaillard semblait vraiment s'être assagi, il envisageait d'épouser Kim dès qu'il aurait amassé assez d'argent pour acheter un appartement sur la plage de Barra. Kim avait en vue un duplex à un dernier étage où toute la famille pourrait être réunie, elle trouvait absurde que j'habite avec ma fille dans un immeuble aussi moche, dans un quartier sans prestige. Elle fut étonnée que nous n'ayons même pas de mutuelle, elle obligea Eulálio à payer à vue l'annuité la plus chère sur la place, du fait de l'âge avancé des bénéficiaires. Il insista pour me montrer le reçu et la réclame, nous aurions droit à un traitement VIP dans des hôpitaux de première catégorie, ne serait-ce que pour pouvoir bénéficier d'une mort digne. Maria Eulália était effectivement fort affaiblie, avec une couleur bizarre, une épine dorsale de plus en plus tordue. Et sentant peut-être son heure venir, elle hâta les préparatifs pour la donation de notre appartement à son arrière-petit-fils. Ce fut à cette occasion qu'Eulálio décida de contracter un emprunt et de se mettre à son compte sur le plan commercial, se prévalant de ses relations avec des fournisseurs au Brésil et des clients à l'étranger. La chose me paraissait quelque peu nébuleuse, mais pour Maria Eulália le grand gaillard suivait les traces de mon père qui, au bon vieux temps, avait gagné des millions de livres en exportant du café. Et la veille de son prochain voyage, Eulálio m'apporta inopinément un coffret de cigares cubains, il semblait avoir deviné que El Rey del Mundo était la marque du sénateur Assumpção. J'allais m'enquérir de la jeune Kim, quand les lumières s'éteignirent et elle-même surgit avec un gâteau à la main, ses yeux noirs étincelant, son visage illuminé par trois petites bougies qui formaient un 100. Je ne me rappelais même plus mon anniversaire, mais elle m'appliqua deux baisers sur les joues et m'offrit un château-margaux 1989, l'année de sa naissance. Eulálio était disert, il me félicita pour mes cent années d'une vie pleine d'aventures, il jura à la jeune Kim que j'avais couché avec les plus belles femmes de mon époque. Allons, allons, je disais, allons, allons, Si, si, insistait-il, le pépé sautait les miss Brésil, les appétissantes de Hollywood, il s'est enfilé toutes les chattes, chiennes et dindes de la haute société. Si ça se trouve, il continue encore aujourd'hui, dit la jeune Kim en m'envoyant un clin d'œil, et moi, allons, allons. Sans parler de la cocaïne, déclara Eulálio, que les gens huppés de jadis achetaient dans les pharmacies, et ce n'était pas cette poudre de plâtre que les caves sniffent aujourd'hui. Sur ces entrefaites, il me fit m'asseoir avec lui à table, il sortit un étui de la poche de sa veste et je restai baba, je n'avais plus jamais revu l'étui en ébène de mon père. À l'aide de la minispatule de mon père il battit et sépara la poudre en quatre lignes bien tassées, me passa le tube en argent et dit, aspire à fond, pépé. Ce que je fis, et d'une seule traite, il me fut plus facile d'aspirer la coke que de souffler les bougies du gâteau. Arrête, père, dit ma fille, tu vas avoir une attaque, mais pas du tout, j'ai changé de narine et j'ai attaqué aussitôt la deuxième ligne. J'aurais aspiré les quatre si la jeune Kim ne m'avait pas chipé le tube d'entre les doigts. Elle se pencha par-dessus moi pour atteindre l'étui et sous le

Jésus Christ tatoué je vis le sillon dans son beau postérieur. Et par le décolleté de sa chemisette je pus apercevoir son sein droit jusqu'au mamelon brun, elle dont la peau était café au lait avait un sein blanc comme la cocaïne. Et au moment où son amoureux attaqua la dernière ligne, elle releva ses cheveux pour me montrer le tatouage sur sa nuque, le nom Eulálio à l'intérieur d'un cœur percé d'une flèche. Elle souriait, m'adressait un clin d'œil, elle jouait sûrement avec moi, je ne pouvais croire que ce tatouage était pour moi. Je ne sais si, soupçonnant quelque chose, Eulálio frappa soudain sur la table et se leva pour partir. Je protestai, la jeune Kim n'avait pas encore goûté le gâteau, mais là elle fit la petite sainte et prit congé de moi avec un baiser sec sur le front. Eulálio consola son arrière-grand-mère qui soupirait, prise de pressentiments, et il partit sans tenir compte de ma demande de faire un tour dans sa jeep. Ça faisait longtemps que je ne sortais pas de la maison et, à peine la vieille se fut-elle retirée dans sa chambre, je décidai d'aller prendre l'air et de me mettre en quête d'un bar ouvert avec des gens intéressants. En trouvant la rue déserte, je me dirigeai à la lueur des réverbères sur une place, mais après avoir marché le long d'un pâté de maisons et demi, je me sentis un peu fatigué. Je continuai jusqu'au coin de la rue où stationnait une voiture de patrouille avec deux flics endormis sur les banquettes inclinées. Hé, ho, criai-je en tapant sur la tôle, et l'homme au volant se réveilla en sursaut, braquant une arme sur moi. Tous deux se regardèrent lorsque j'exigeai de monter dans la voiture, j'avais besoin d'étendre mes jambes avant de reprendre ma marche. Installé sur la banquette arrière, je les mis au défi de deviner mon âge et ils eurent l'air sceptique lorsque je leur annonçai mon centenaire. Cent ans, insistai-je, et dans une santé florissante, en dépit de mon cœur qui battait momentanément trop fort, et je leur parlai de mon amour incestueux pour une petite née en 1989. Vu que le sujet ne les inspirait guère, je leur demandai s'ils étaient heureux ici ou s'ils avaient l'intention de retourner en Afrique. Je déclarai que servir dans la police était un grand progrès pour les nègres que hier encore le gouvernement employait seulement dans les services publics de nettoyage. Puis je leur demandai s'ils connaissaient par hasard le prix de la cocaïne à Rio et, si possible, aussi à l'extérieur, mais ils continuaient à somnoler. Je demandai alors à emprunter un portable afin d'échanger des idées avec l'une ou l'autre de mes connaissances, mais l'homme au volant mit le moteur en marche et me demanda mon adresse. La voiture roula en sens interdit jusqu'à la porte de ma maison non loin de là et ils refusèrent de monter pour emporter quelques tranches de gâteau. Je fis en sorte qu'ils me soutiennent jusqu'à l'ascenseur et là-haut je titubai jusqu'à mon lit où je passai des heures à parler tout seul, yeux exorbités et jambes engourdies. Je n'eus pas le courage de me lever les jours suivants et ne retenais pas dans l'estomac les œufs au plat que ma fille me servait. Je restai alité pendant plus d'un mois, je maigris un peu, je mis du temps à tenir sur mes guibolles, mais Maria Eulália estima que c'était une bêtise d'appeler un médecin. Elle était de plus en plus nerveuse, elle traînait ses mules d'un bout à l'autre de l'appartement, elle sursautait chaque fois que le téléphone sonnait et quand ce n'était pas une erreur, c'étaient des courtiers de mutuelles. Un jour on frappa à la porte et je pris pour un marchand de plus le type en costume sans cravate, chemise boutonnée jusqu'au col et serviette noire à la main. Il se présenta comme étant le pasteur Adelton, il venait visiter le bien immobilier qu'Eulálio lui avait cédé en guise de caution pour un emprunt non remboursé. Veuillez vous en aller, lui dit Maria Eulália, mais le pasteur sortit le document de sa serviette et circula en maître dans l'appartement, l'examinant en détail. Dehors, braillait Maria Eulália, pendant que je fouillais dans le secrétaire, à la recherche du téléphone de mes avocats. Finalement, le pasteur Adelton eut pitié de notre situation, il prétendit qu'il était un homme de Dieu avant que d'être un agioteur. Et espérant en Dieu que frère Eulálio reparaisse bientôt en bonne santé et prospère, il nous offrit un toit provisoire. Il s'agissait d'un logement constitué d'une seule pièce, collé à son église dans les environs de la ville, d'un abri indubitablement modeste, mais décent. Il calculait à vue de nez qu'il y aurait de la place pour mon lit de couple et facilement pour le secrétaire baroque dont je ne pouvais me séparer. Il se chargea lui-même du déménagement des meubles les plus encombrants et affréta aussi une camionnette qui nous transporta avec nos valises et nos baluchons de vêtements. Maria Eulália était récalcitrante, elle entra de force dans la camionnette et bouda pendant tout le voyage. Je tentai de la distraire en lui montrant les montagnes à l'horizon, le même paysage que lorsque nous avions abandonné la ville pour monter à cheval dans la ferme, elle dans le ventre de sa mère. La différence étant qu'autour de nous la ville n'en finissait plus maintenant, des bicoques en maçonnerie brute et sans toiture pullulaient là où il y avait jadis des clubs champêtres et de coquettes fermes. Perplexe, Maria Eulália regardait ces hommes en short au bord de la route, les filles enceintes qui exhibaient leur panse, les gamins qui traversaient la chaussée en courant derrière un ballon. Ce sont les pauvres, lui expliquai-je, mais pour ma fille ils auraient pu au moins se donner la peine de chauler leurs maisons, de planter des orchidées. Peut-être les orchidées n'auraient-elles pas prospéré dans cette terre dure, et la chaleur à l'intérieur de la camionnette empira lorsque j'ouvris la fenêtre. Nous quittâmes la route et nous nous engageâmes dans une rue poussiéreuse, le chauffeur demanda où se trouvait l'église du pasteur Adelton à un travesti qui nous dit de continuer tout droit jusqu'à la courbe de la rivière. La rivière était un ruisseau presque stagnant tant il était boueux, quand il se déplaçait il donnait l'impression d'entraîner avec lui ses berges immondes. C'était un ruisseau pourri, pourtant je vis un certain charme là où il faisait un méandre, dans la configuration particulière de ce méandre, je pense qu'un méandre est le geste d'une rivière. Et c'est ainsi que je la reconnus, comme l'on reconnaît parfois chez un vieillard l'expression de l'enfant, juste en plus lent. C'était la rivière de ma ferme au pied de la montagne. Et sur la berge un manguier me parut si familier que j'entendis presque le Noir Balbino tout en haut : hé, Lalá, tu veux une mangue, Lalá? Plus loin, la maison jaune, avec l'inscription Église du Troisième Temple sur la façade, se dressait probablement sur les décombres de la chapelle bénite par le cardinal archevêque en mille huit cent et quelques. Et en pénétrant dans la maisonnette à côté de l'église, je sentis un certain réconfort en sachant que sous mes pieds se trouvait le cimetière où reposait mon grand-père. Si un jour je décède ici, je lui tiendrai volontiers compagnie, car je suis attaché à cette terre et j'ai même tenté même de m'habituer aux miasmes du ruisseau. Ce qui était pénible c'était de me réveiller tous les matins au son du haut-parleur de l'église, de ses prières et de ses chants. Mais ce ne serait pas moi qui protesterais, puisque même Maria Eulália ne le faisait pas, au contraire elle ne tarda pas à fréquenter les trois cultes quotidiens. Elle, qui n'avait jamais supporté la musique, je l'entendis un jour chantonner d'une voix faible dans la salle de bains : Dieu est puissance, Dieu est puissance. Je remarquai aussi qu'elle s'était mise à se farder discrètement, de la pommade à lèvres rose et une touche de rouge aux joues, pour les cérémonies nocturnes où le pasteur Adelton prêchait en personne. Et ce fut lors d'un de ces soirs que je me rappelai le vin de la jeune Kim, la bouteille entortillée dans mes vêtements au fond de la valise. En l'absence de tire-bouchon, j'enfonçai le bouchon dans le goulot à l'aide d'un tournevis. Du vin me jaillit au visage et heureusement que maman n'était pas là pour me regarder boire du bordeaux dans un bocal à confiture. Bien que légèrement tiède, c'était un vin à l'arôme fruité, à déguster avec ravissement, mais il fallait que je le consomme avant que le culte ne prenne fin, car Maria Eulália s'était mise à condamner les boissons alcoolisées. Comme le tabac n'était pas non plus toléré à la maison, j'enfilai ma robe de chambre en velours et je sortis dans le jardin pour fumer mon El Rey del Mundo, qui était un cigare digne d'un château-margaux. La nuit était étouffante, dans le haut-parleur le pasteur Adelton parlait de l'enfer, mais même en transpirant pas mal je prenais plaisir à marcher en rond, veillant seulement à ne pas trébucher sur un chien abandonné qui me suivait en marchant devant moi. Chaque fois que je m'arrêtais pour absorber une gorgée, il se mettait à fouir la terre, un peu plus et il exhumerait les ossements de mon grand-père et, tant qu'il y était, ceux de Balbino, son esclave. Et quand je jetai au loin le mégot du cigare, il recula brusquement, mais pressentant que je me dirigeai vers la salle de bains il s'assit à l'intérieur pour m'attendre. L'obscurité dans le réduit m'épargnait le dégoût de voir mon corps nu, je me balançais en tentant de capter le filet d'eau qui tombait du tuyau sans direction. Légèrement étourdi, la saveur du vin encore vivace dans ma bouche, je me dis que j'avais exagéré en imaginant une aventure avec la jeune Kim. Je n'étais évidemment plus un homme pour une jeune fille comme elle, près d'elle je n'oserais même pas me déshabiller. Et elle dormirait sûrement toute nue avec les lumières allumées, elle se baladerait à poil dans la maison toute la journée, exprès pour m'humilier. Elle prendrait des douches interminables, m'exhibant avec mépris ses seins altiers, sa croupe splendide, ses tatouages les plus intimes. Et en l'imaginant se baignant pour moi, il ne me venait pas d'autre décor que la vaste salle de bains cristalline dans mon chalet à Copacabana. Messieurs, je vous assure que j'ai connu le vaste monde, j'ai contemplé des paysages sublimes, des chefs-d'œuvre, des cathédrales, mais finalement mes yeux ne gardent pas de souvenir plus vif que celui des hippocampes sur les carreaux de faïence dans ma salle de bains. Et en les évoquant tout en pensant à la jeune Kim, je retrouvai inopinément l'image de ma femme, car au même instant l'ombre de Matilde savonnant ses cheveux se projeta sur les carreaux de faïence. Et son visage peu à peu se recomposait dans ma mémoire, comme un miroir qui se désembue. Bientôt je m'émerveillerais en imaginant Matilde dans sa plénitude, ses seins blancs, ses cheveux noirs, ses cuisses à la peau parfaitement brune, sans la moindre tache. J'avais même oublié que ses yeux étaient un peu bridés et je pensai soudain à ces musulmanes qui deviennent des martyres afin d'être plus belles et plus désirables dans l'au-delà pour leur mari. Perce-moi de tes flèches, Seigneur, chantaient les fidèles, que ta main retombe sur moi. Le chien glapissait à mes pieds, pendant que j'évoquais Matilde m'attirant contre le mur tapissé de carreaux de faïence, reculant plus loin avec une douce ondulation des hanches. Et je revécus alors une sensation éprouvée quand j'étais un petit garçon les premières fois que j'avais observé des femmes avec attention, leur démarche, le mouvement de leurs jupes, les volumes et les creux dans leurs jupes. Petit garçon, je ne comprenais pas ce qui se passait dans mon corps à ces moments-là, j'avais honte de sentir ça, c'était comme si le corps d'un autre garçon était en train de croître dans le mien. Eh bien, maintenant aussi je mis du temps à comprendre ce qui se passait en moi, je mis du temps à croire que mon désir puisse ressusciter à ce stade de ma vie, aussi fort que lorsque Matilde me regardait comme si j'étais l'homme le plus prestigieux du monde. Mais oui, j'étais de nouveau le roi du monde, j'étais presque mon père, et je m'élançai contre le ciment du mur comme si Matilde était là pour m'accueillir. Je me collai au mur rugueux, je me frottai contre lui, je m'écorchai avec plaisir sur lui, et je me souvins que Matilde tremblait tout entière, j'entendis même sa voix légèrement rauque : je vais jouir, Eulálio. Alors je patinai sur le ciment, et avant de m'écrouler j'entendis un craquement, je sentis la douleur d'un os qui se cassait avec sa moelle, étendu par terre je vis ma jambe droite toute tordue. Lancine ma chair, Seigneur, chantaient les fidèles, et moi je n'avais qu'un chien pour écouter mes lamentations. Mais au lieu d'aboyer pour alerter un voisin, l'imbécile se mit à me lécher le visage. Inerte, je ne ressentais déjà plus de douleur et je sursautai de frayeur quand ma fille poussa la porte de la salle de bains. L'ambulance n'arriva que lorsqu'il fit grand jour, la nuit personne ne s'aventure dans ces parages.

23

Si j'étais sorti d'ici, j'avais l'intention de la demander en mariage, mais elle ne m'aime plus. Elle passe au large de mon brancard sans s'approcher, elle refuse d'écouter mes supplications, elle doit en avoir marre de m'entendre l'appeler par un nom qui n'est pas le sien. Peut-être ne croit-elle pas que je puisse jamais retourner chez moi, j'entends dire que je suis sur une liste d'attente pour une place vacante dans un hôpital public. Ou alors qui sait si elle ne s'est pas déjà entichée d'un autre ici, une fripouille qui l'embobine en forgeant des mémoires plus fabuleux que les miens. Et voilà le résultat, des nuits blanches, je n'ai plus personne pour me donner des somnifères, des analgésiques, de la cortisone. Au début, je me suis révolté contre les brancardiers parce qu'ils m'abandonnaient dans le corridor, ils étaient sûrement de nouveau en grève. Mais avec le temps je me suis convaincu qu'au milieu de ce trafic je n'étais pas plus mal que dans la salle où la télévision ne passait que du football, je n'arrivais pas à me concentrer sur mes affaires. L'atmosphère se dégradait encore davantage à mesure que nous recevions le surplus des urgences, des patients avec le visage fracassé, des brûlures, une jambe amputée, une balle dans la tête. En général ils étaient jeunes et mal élevés, à peine ouvrais-je la bouche qu'ils se manifestaient : fais pas chier, papy, radote pas. Mais si avec l'âge les gens ont tendance à répéter certaines histoires, ce n'est pas par démence sénile, c'est parce que certaines histoires n'arrêtent pas de se produire en nous jusqu'à la fin de la vie. Au moins ici, bien ou mal, je bénéficie d'une certaine attention, il n'y a pas de passant qui ne ralentisse le pas pour jeter un coup d'œil sur moi, comme en cas d'accident au bord de la route. Et beaucoup s'arrêtent pour écouter mes paroles, même s'ils n'en comprennent pas le sens, même quand l'emphysème m'étouffe et que je halète plus que je ne parle. Le dimanche, à l'heure de pointe pour les visites, il est courant que des familles entières accourent pour entendre mes râles ou peut-être la dernière maxime d'un moribond. J'ai effectivement déjà souvent invoqué la mort, mais au moment même où je la vois de près, j'espère qu'elle voudra bien garder sa faux en suspens aussi longtemps que je ne tiendrai pas pour terminé le récit de mon existence. Je commence alors à récapituler les origines les plus lointaines de ma famille, en mille quatre cent et des poussières on trouve la trace dans les registres d'un certain docteur Eulálio Ximenez d'Assumpção, alchimiste et médecin particulier de dom Manuel Ier. Je descends sans me hâter jusqu'au seuil du XXe siècle, mais avant d'aborder ma propre vie, j'insiste pour remonter à mes ancêtres du côté maternel, avec des chasseurs d'Indiens dans la branche de São Paulo, dans une autre avec des guerriers écossais du clan McKenzie. Jusqu'à tout récemment, j'épelais ces noms à une infirmière qui m'a abandonné après m'avoir soutiré mes souvenirs jusqu'à la lie. Mais c'est ce qu'elle croit, car sachez que rien que du côté de ma femme j'ai encore dans la tête une pleine malle de réminiscences inédites. Je ne sais pas si je vous ai déjà raconté comment j'ai connu Matilde à la messe pour mon père, il vaudrait peut-être la peine de trouver le moyen d'enregistrer mes témoignages. N'étaient mes tremblements et les crampes dans mes mains, je remplirais moi-même, avec une calligraphie minuscule, un cahier pour chaque jour vécu aux côtés de ma femme. En revanche, après son départ, mes jours tiendraient sur de nombreuses pages vierges d'encre, tant ils seraient longs et vides d'événements. Jusqu'au matin où je reçus une lettre dans une enveloppe à l'en-tête de l'hôtel Divan à Constantinople, avec pour expéditeur le docteur Blaubaum. Eva était enchantée par Constantinople, etc., le typhus s'était propagé en Anatolie, etc., et uniquement dans les dernières lignes le médecin se référait à Matilde : malgré les mauvaises nouvelles qu'il recevait, il ne perdait pas confiance dans son plein rétablissement, grâce à la diligence de ses collègues et à la miséricorde de Dieu, etc. Dans une impulsion, je pris ma voiture et grimpai dans la montagne, je frappai à la porte d'innombrables sanatoriums, asiles, colonies agri-

179

coles, j'allai jusqu'à visiter un hospice. Mais même si j'avais fait le tour de tous les hôpitaux à l'intérieur de l'État, il aurait été impossible de localiser une patiente internée incognito dont je n'avais même pas une photographie. En redescendant vers Rio, je fus pris de colère contre cet étranger qui s'était proclamé le gardien de ma femme, alors qu'il n'était même pas fichu de s'occuper de la sienne. Tel fut plus ou moins ce que je lui dis dans un télégramme qui me fut retourné, le destinataire n'étant plus hébergé à l'hôtel Divan. Présumant qu'il était peut-être fatigué de sa vie errante, je profitai de mon ultime voyage à Paris pour tenter de retrouver sa trace à la préfecture, à la gendarmerie, à la compagnie du téléphone. Mais apparemment le docteur Blaubaum n'avait plus de domicile dans cette ville où je pense qu'Eva lui avait causé assez d'ennuis depuis les années de la Belle Époque. Et quand je rentrai au pays, si je n'y trouvai pas Matilde m'attendant, bras grands ouverts, il n'y avait pas non plus de lettres alarmantes sur ma table de chevet. No news, good news, pensai-je en allant voir ma mère, à qui je rendrais compte de nos difficultés financières. Elle recevait le curé de l'église de la Candelária pour le thé, j'entendis leurs voix dans le jardin d'hiver : de pauvre, disait ma mère, elle a attrapé une maladie de pauvre. Je ne sais si déjà alors maman commençait à mélanger les mots, mais le curé la corrigea immédiatement : pas de pauvre, Maria Violeta, c'est la maladie de la luxure qui l'a perdue. Il était évident que des ragots récents couraient en ville à propos de

Matilde. Dès que j'avais été abandonné, les gens avaient pris l'habitude de chuchoter dans mon dos, dans le magasin, au café, dans le salon du barbier, je sais qu'ils se livraient à des spéculations à propos d'éventuels amants de ma femme. Toutefois, maintenant un silence profond s'installait à mon arrivée, comme si j'avais été promu à la catégorie respectable de mari trompé. Ou bien à craindre, si l'on pense aux deux camarades de Matilde qui, afin de m'éviter, avaient traversé l'avenue Nossa Senhora de Copacabana et étaient montées dans un tram en marche. Je voulais juste les inviter à faire un saut à la maison, peut-être Matilde consentirait-elle à quitter la chambre dans laquelle elle s'était claquemurée. Mais là je suis en train de confondre les époques, Matilde n'était plus à la maison, sans elle notre logement était devenu un fouillis, les femmes de service s'étaient enfuies pendant mon absence. Il n'était resté que la nounou Balbina, qui avait renoncé à sortir avec Eulalinha car au marché, sur la plage, où qu'elle aille, on lui disait que la petite devait être enfermée avec sa mère ou recueillie dans un préventorium. Moi aussi je préférais ne plus me montrer dans la rue, je vivais enfermé avec moi-même, me réservant pour la grande revanche. Car lorsque Matilde reviendrait dans notre chalet, le quartier tout entier entendrait des maxixes et des sambas sur son tourne-disque. Elle emmènerait elle-même sa fille au marché, elle l'allaiterait assise sur la balançoire, le sein à l'air elle dirait bonjour aux nounous et aux mamans, elle rirait pour un rien. Sur la plage de Copacabana elle marcherait à côté de moi pour que tout le monde la voie en maillot, adultère, passe encore, mais en bonne santé et avec un corps irréprochable. Je l'attendais donc tous les soirs à la fenêtre de la chambre et Matilde ne venait pas, elle ne venait pas, Matilde n'avait jamais manqué à nos rendez-vous furtifs. Et déjà à la limite de mon espoir, la voilà qui foulait le gazon du jardin sur la pointe des pieds et je descendais, le cœur battant à se rompre, pour lui ouvrir la porte de la cuisine. Et elle s'adossait au mur de la cuisine, le souffle court, écarquillant ses yeux noirs, mais peut-être cette scène se passait-elle quand nous n'étions pas encore mariés et non pas au moment de ce que j'étais en train de raconter. Ce n'est pas ma faute si les événements me reviennent parfois en mémoire hors de l'ordre dans lequel ils se sont produits. C'est comme si, à l'exemple de la correspondance du docteur Blaubaum, certains souvenirs me parvenaient encore par bateau et d'autres déjà par le courrier aérien. Et ce fut sur du papier à lettres par avion, fin comme du papier de riz, que m'arriva un jour une missive du Sénégal. Eva s'était déjà adaptée à l'Afrique, après le froid intense de l'Indochine, etc., et bien que profitable, le séjour en Indochine resterait à jamais troublé par la nouvelle de la disparition tragique de Matilde, disparition tragique de Matilde, disparition tragique, à jamais troublé par la nouvelle de la disparition tragique de Matilde. Le médecin s'excusait du ton de sa lettre précé-dente, écrite dans la chaleur de l'heure sous une forte émotion, et il dit qu'il ne se lassait pas de prier pour la disparition tragique de Matilde, disparition, il ne se lassait pas de prier pour la mémoire de Matilde, très affectueusement, Daniel Blaubaum. La lettre précédente arriva d'Indochine bien après la lettre africaine faisant état de la disparition tragique de Matilde, je pensais déjà que la lettre avait disparu en mer, je ne croyais plus à l'existence de cette lettre quand elle est arrivée. C'était une lettre épaisse, dans une enveloppe à l'en-tête de l'hôtel Caravelle de Saigon, avec un timbre comportant l'image d'une jonque chinoise en mer. J'observai le timbre, le bateau avec la grande voile en bambou, le cachet en date du 29-12-29, je retournai l'enveloppe, cachetée de laque grenat, je vérifiai l'expéditeur, D. B. Je soupesai la lettre, je calculai qu'elle contenait au minimum huit feuillets écrits recto et verso, avec cette vilaine écriture du médecin. J'examinai de nouveau le timbre couleur de potiron, d'une valeur de deux piastres, ce devait être un timbre bon marché, j'effleurai de l'ongle les bords de la laque grenat, c'était comme gratter la croûte d'une blessure. Je regardai l'enveloppe à contre-jour, totalement opaque, et cela semblera de la lâcheté de ne jamais avoir ouvert cette lettre. J'aurais peut-être dû m'enquérir dès le début de ce dont souffrait ma femme, savoir quel mal le médecin avait décelé en elle que je n'avais jamais décelé dans l'intimité, savoir s'il l'avait auscultée à la maison, s'il lui avait demandé de se déshabiller, s'il avait vu ses soupçons confirmés, s'il lui avait communiqué son diagnostic sans détour ou camouflé dans un jargon médical, avec des termes scientifiques en français, et si elle avait quand même tout compris aussitôt, si elle avait pleuré, si elle lui avait demandé si elle allait mourir jeune, si elle allait mourir laide, si elle avait demandé à Dieu ce que sa fille deviendrait, si elle avait eu une bonne parole pour moi. Un autre à ma place aurait peut-être pris sa voiture à la fin de la lecture, emportant dans sa poche la lettre avec l'adresse dans la montagne et, arrivé là-bas, il aurait vu sa chambre et son lit, il aurait rassemblé ses vêtements, ses chaussures, aurait remercié les personnes qui l'avaient soignée, il se serait enquis de ses derniers jours, du désespoir qui s'était emparé d'elle, de son aspect, de son poids, de la sépulture sans pierre tombale dans laquelle elle était ensevelie. Mais en laissant la lettre intacte dans son enveloppe cachetée, je crois avoir obéi à la volonté de Matilde, qui voulut sortir de ma vie comme disparaissent les chats, qui éprouvent de la pudeur à mourir sous les yeux de leur maître. Et c'est pour cette même raison que j'ai perpétué son nom, sans elle, sur le tombeau en style éclectique que maman avait fait ériger pour mon père. Ce ne fut que bien des années plus tard que je toucherais de nouveau rapidement cette lettre en transférant toute la correspondance du médecin au fond d'un tiroir fermé à clef dans le secrétaire hérité de ma mère. Il y avait près d'une douzaine de lettres, provenant de différents pays, pas toutes ouvertes, certaines lues à moitié, en plus des cartes postales me souhaitant de bonnes fêtes qui m'arrivaient d'habitude après le Carnaval. Et ensuite une carte postale d'Algérie, que je reçus en 1940 avec un an de retard, je n'eus plus jamais une seule ligne du docteur Blaubaum. Cela valait mieux ainsi car une autre guerre mondiale avait éclaté, notre gouvernement hésitait à prendre parti et ma correspondance avec un Hébreu eût pu être mal interprétée. Surtout maintenant que je briguais un poste de responsabilité dans la fonction publique, car la mensualité versée par maman ne suivait pas l'inflation, je dus même vendre ma voiture. Je pensais au père de Matilde qui, comme disait maman, avait réussi à se faufiler jusque dans l'entourage du président Getúlio Vargas. Mes divergences politiques avec mon beau-père étaient choses du passé car, à mon avis, puisque sous le nouveau régime le Congrès avait été dissous, nos partis n'existaient plus. Et pour signaler que je ne lui gardais pas non plus rancune à cause d'anciennes querelles de famille, je passai en taxi à l'école d'Eulalinha en chemin pour le palais du Catete, afin de la présenter à son grand-père dans un uniforme qui lui rappellerait sa fille décédée. Ce n'était pas la première fois que je pénétrais dans ce palais, encore adolescent j'y étais allé avec mon père, j'avais passé des heures à jouer dans les jardins avec les enfants du président Artur Bernardes. J'éclatai donc de rire quand un fonctionnaire avec une tronche plate d'Indien déclara que sans rendez-vous je ne serais pas reçu par monsieur Vidal. Je lui jetai ma carte de visite au visage, je répétai mon nom une syllabe après l'autre, auquel il répondit allez vous faire foutre, pendant que ma fille se plaignait de ne pas avoir déjeuné, et au milieu de ces échanges acerbes j'entendis une voix de basse dire bonjour Lilico. Et je me gendarmai, car le surnom affectueux donné par mon père prenait des tonalités sarcastiques dans la bouche de n'importe qui d'autre. Mais c'était le père de Matilde qui me faisait signe, il marchait entouré de plusieurs types avec des tas de papiers à la main. Ravi de vous voir, déclara-t-il en passant, et déjà de dos il ajouta : mes hommages à dona Maria Hortênsia, en se trompant sur le nom de ma mère. Je le suivis dans le salon en traînant Eulalinha, qui avait décidé de freiner des quatre fers, monsieur Vidal, monsieur Vidal, il se retourna enfin au pied d'un escalier pour m'écouter. Je lui annonçai alors que j'étais disposé à réétudier son ancienne proposition, mais avant que je ne termine ma phrase il désigna Eulalinha, c'est votre fille ? C'est votre petite-fille, Maria Eulália Vidal d'Assumpção, la fille de Matilde. Mais quelle adorable enfant, dit monsieur Vidal et il lui tendit un petit sachet de sucre candi qu'il avait dans sa poche. Seulement Matilde, Matilde, dit-il, et je voyais chez lui le même air d'incompréhension que celui que j'avais vu chez la mère supérieure, comme quelqu'un qui cherche des lunettes oubliées sur sa propre tête. Ah oui, Matilde, une petite noiraude que nous avons élevée comme si elle était de la famille, puis monsieur Vidal fit demi-tour pour gravir l'escalier et un de ses thuriféraires me barra le chemin. Heureusement que Eulalinha était occupée par le sucre candi, elle devait déjà entendre à l'école que sa mère était une mendiante, elle souffre encore aujourd'hui de ne pas avoir connu Matilde. Bien que je ne fasse guère confiance aux innovations, je pense parfois que ma fille pourrait essayer un traitement avec la psychanalyse. Peut-être m'épargnerait-elle ainsi les vexations dont je souffre ces derniers temps, quand elle laisse courir sa langue dans les cérémonies évangéliques où elle présente des témoignages sur ses tribulations passées jusqu'au jour où elle a rencontré la main de Dieu. Et ses tribulations proviennent toujours de sa mère qui, selon elle, était aussi vaniteuse que Salomé et a cessé de l'allaiter pour ne pas friper ses seins ronds. Maria Eulália est gâteuse, elle oublie ce qu'elle a dit la veille, la veille elle avait déclaré du haut de cette même chaire que sa mère était morte en couches comme Rachel, la femme de Jacob. En revanche, sa mémoire lointaine semble prodigieuse, l'autre jour elle a affirmé se souvenir de l'homme qui, au milieu de la nuit, venait lui disputer le sein de Matilde. Elle est capable de se rappeler l'haleine alcoolisée et l'accent de l'homme, un étranger qui était mort avec sa mère dans un capotage sur l'ancienne route Rio-Petrópolis. Elle proclame avec une conviction égale que sa mère prise de folie s'était jetée d'un pont, ou d'un transatlantique, ou qu'elle s'était noyée dans le naufrage d'un radeau, cramponnée à un pêcheur. Et par la faute de cette mère dévergondée comme la femme du prophète Osée, ma fille prétend qu'elle a grandi sans amies, recevant des appels anonymes au téléphone, et pire qu'être traitée de fille de pute, elle portait le fardeau d'être frappée de la maladie de Lazare.

Elle jure devant l'assemblée qu'enfant elle marchait avec une clochette au cou et que tout le monde la fuyait dans la rue car sa mère s'était pendue dans une léproserie. Et moi je suis obligé d'entendre ces énormités dans le haut-parleur, Maria Eulália expose sa mère au jugement de cette racaille d'église. En disant cela je n'ai pas l'intention d'offenser les plus humbles, je sais que beaucoup parmi vous sont croyants et je n'ai rien contre votre religion. C'est peut-être même un progrès pour les nègres qui, hier encore, sacrifiaient des animaux dans le *candomblé* que d'être maintenant bien propres sur eux et de marcher avec la Bible sous le bras. Je n'ai rien non plus contre la race nègre, sachez que mon aïeul était un grand seigneur abolitionniste, sans lui vous seriez peut-être encore tous aujourd'hui en train d'attraper des volées de bois vert sur la caboche. À l'exception peut-être de cette dame pâle que je connais de quelque part, mais tu ne mourras pas de sitôt, ma fille. Viens donc me donner un baiser, tu es chaque jour plus tordue, fais attention à ne pas laisser tomber cet enfant. Si tu dis que cet Eulálinho-là est le fils du grand gaillard, je ne vais pas le mettre en doute, mais je sens que bientôt les traits d'un Assumpção seront comme ceux d'une espèce disparue. Il tient sûrement de la famille de sa mère, dont j'ignore la provenance, je ne connais pas le nom de la jeune fille. Cela, si la mère est la fille aux tatouages, car le grand gaillard était un sacré coureur de jupons, il a peut-être même fait des enfants à des femmes mariées ou à cette Japonaise qui ne sortait plus de l'appartement. Avec la petite-fille blanche de la sœur de Matilde je sais qu'il a eu un garçon, mais ce n'est pas celui-ci, tu dois confondre avec le bébé qui est né dans l'hôpital de l'Armée. Celui-là est déjà grand, il paraît qu'il a engrossé une greluche avec un nom fictif, mais sincèrement je ne m'y retrouve plus dans cette flopée de mômes qui se sont mis à naître ces dernières années. En revanche, j'arrive à me souvenir de chaque cheveu dans le chignon de ma mère, que je n'avais pas vue depuis un bon bout de temps. Je pense qu'elle est venue m'enlever ma fièvre, j'espère qu'elle me chantera une berceuse, je ne l'ai pas reconnue plus tôt à cause de l'enfant, je n'ai jamais vu ma mère avec un bébé dans les bras. Ça n'a rien d'étonnant, je suis fils unique, j'étais le seul que maman prenait dans ses bras et encore uniquement de temps en temps. Si je me mettais à pleurnicher, elle me passait à la gouvernante, qui me passait à la bonne d'enfants, qui me passait à la nourrice pour qu'elle m'allaite. En faisant un effort, je parviens même à me souvenir de m'être vu cramponné à elle dans les miroirs vénitiens de la grande maison, mais j'ai du mal à imaginer ce que maman ferait de moi dans une atmosphère pestilentielle comme celle-ci. Cependant, tout à coup j'ai le vague souvenir qu'elle m'avait emmené encore tout bébé pour dire au revoir à un vieillard, si je ne m'abuse mon arrière-arrière-grand-père, qui agonisait dans un hôpital de campagne. Le célèbre général Assumpção devait bien avoir deux cents ans, il paraissait plus vieux que Mathusalem, avant le siècle passé il avait défié

Robespierre et il gisait à présent sur une simple civière. Il ne disait plus rien de sensé, il se prétendait le chambellan d'Alphonse VI et croyait être dans le palais de Sintra, en mille six cent et quelques. Il m'a fait de la peine car pour le veiller il n'y avait que maman et moi, j'étais étonné que des autorités ne soient pas venues, des maréchaux, pas même un représentant de la famille royale. Je ne voyais que des gens bizarres autour de lui, des individus d'apparence fruste qui riaient du vieillard. Et d'autres gens se sont assemblés quand ses yeux se sont écarquillés, il est devenu violet et a perdu la voix, il voulait parler et rien ne sortait. Alors une jeune infirmière s'est frayé un passage, elle s'est penchée sur mon arrière-arrière-grand-père, elle lui a pris les mains, a soufflé quelque chose dans son oreille et l'a apaisé ainsi. Puis elle a passé légèrement les doigts sur ses paupières et a recouvert avec le drap son visage autrefois beau.

DU MÊME AUTEUR

Aux Éditions Gallimard

QUAND JE SORTIRAI D'ICI, 2012 (Folio n° 5596)
BUDAPEST, 2005 (Folio n° 4452)
COURT-CIRCUIT, 1997
EMBROUILLES, 1992 (Folio n° 2807)

Composition Floch
Impression Maury-Imprimeur
45330 Malesherbes
le 3 mai 2013.
Dépôt légal : mai 2013.
Numéro d'imprimeur : 182044.

ISBN 978-2-07-045199-9. / Imprimé en France.

250129